La mano del amo

❖

P. Segunda

Paris '92   Regalo de
los Gerschenfeld.

TOMAS ELOY MARTINEZ

La mano del amo

❖

Planeta
Biblioteca del Sur

BIBLIOTECA DEL SUR

NOVELA

Diseño de cubierta: Peter Tjebbes
Ilustración de cubierta: Mildred Burton
Diseño de interiores: Alejandro Ulloa
Composición: Lucrecia Navarro

© 1991 Tomás Eloy Martínez

Derechos exclusivos de edición en castellano
reservados para Argentina, Uruguay, Chile y Paraguay:
© 1991 Editorial Planeta Argentina S.A.I.C.
Viamonte 1451, Buenos Aires,
© 1991 Grupo Editorial Planeta
ISBN 950-742-093-2
Hecho el depósito que prevé la ley 11.723
Impreso en la Argentina

A Madre, para que no vuelva

a quemar lo que escribo

I never felt at Home —Below—
And in the Handsome Skies
I shall not feel at Home —I know—
I don't like Paradise

Siempre me sentí mal —Aquí—
Y en el cielo radiante
Sucederá lo mismo —Yo lo sé—
El Paraíso no me gusta

EMILY DICKINSON

Primero, sueño

Poco después de la muerte de Madre, la Brepe tomó la costumbre de saltar dentro del sueño de Carmona. Observaba al hombre con fijeza mientras se desvestía y, cuando él apagaba la luz, la Brepe arqueaba el lomo y se iba irguiendo sobre las patas, lista para cazar el sueño de Carmona y desplumarlo apenas levantara vuelo. Pero los sueños de Carmona no eran pájaros sino gatos: ásperas tinieblas de gatos, lenguas de gatos que se movían entre astillas de negra luz.

El hombre dormía con la boca abierta, y cuando entraba en el cono de oscuridad donde flotan los sueños, una manada de gatos salía de la boca, desgarrada por los lloros del celo, y se sumergía en el río de los ingenios azucareros.

11

Madre aguardaba en la orilla, como siempre, protegiéndose del verano con el parasol, abotonado el cuello de la blusa pese a los ardores de la tarde, y a su vera, Padre, escarbando los bolsillos del chaleco en busca de los quevedos, ¿recordás aquellos dedos macizos, potentes como alerces, que acariciaban el cuello de Madre mientras ella decía: "Por qué no matás a Carmona de una vez, Padre, qué estás esperando"? Y vos uncido a sus faldas suplicabas: "No me peguen, Madre, no me maten". Así era, ¿te acordás? A la zaga del sueño venía el río, perdiéndose en el confín de las montañas amarillas. Cada noche Carmona quería entrar en las montañas, pero Madre no lo dejaba acercarse.

Una vez que templaban la garganta y los lloros emprendían su vuelo de contratenor, los gatos se abandonaban a la voluntad del río. La Brepe los guiaba a través de los camalotes y de las enredaderas de las profundidades hacia la caverna que sólo ellos podían alcanzar. Iban envueltos en ráfagas de espuma, ingrávidos; las orejas aleteando a ras del agua, atentas a los sermones de los monjes y a los kyrieleison de la noche, y el hocico en ristre, oyendo la felicidad que estaba al otro lado de las rocas. ¿Aquello era el paraíso? Sí, aquello era: sólo podía ser el paraíso porque, al amansarse la caverna, al desprenderse la caverna de su pelambre de estalactitas y musgos azufrosos, el agua que discurría por ella encontraba el socavón de las montañas amarillas, donde el aire flotaba hinchado, empalagoso. Carmona sabía que el cielo estaba allí porque aun en lo más tenebroso del sueño las montañas lucían siempre iluminadas, y no había insecto, árbol o persona que tuviera padre o madre. La dicha del paraíso consistía en ser huérfano.

Mientras tanto, al otro lado del río, bajo los sauces de la orilla, las damas de los ingenios tomaban el té. Algunas levantaban a los gatos que iban por el río para acariciarlos. Los arropaban con sus grandes faldas de organdí, les lamían el lomo y luego volvían a soltarlos a la ventura de la corriente.

La Brepe corría de un lado al otro del sueño, recogiendo los maullidos que se enredaban en el agua. Cada vez más rápido, los gatos se acercaban a la boca de la caverna, mientras el agua del río iba perdiendo sus reflejos; el agua o los reflejos se eclipsaban.

Cuanto más cerca sentía Carmona el olor de la felicidad, más sufría por no estar allí. Sus músculos se ponían de pie y se lanzaban también a la corriente, siempre demasiado tarde, cuando ya la manada había desaparecido. En ese punto del sueño solía despertarse con los talones mojados de sudor, y lo primero que veía era a la Brepe erguida en un extremo de la cama, observándolo con fijeza.

En las montañas amarillas

MADRE HABÍA VIVIDO INTRIGADA por saber cuál era la forma del paraíso y con frecuencia discutía sobre el tema con sus amistades. Ahora por fin debía tener la respuesta precisa, pues todas las formas del paraíso caben en la muerte, y ella murió hace dos noches. Tuvo un velatorio sencillo, en el que no abundaron las visitas. Carmona y sus hermanas, las gemelas, habían pensado enterrarla cuando cayera la tarde, pero la poca gente que pasaba por la casa daba un rápido pésame y esquivaba la capilla ardiente donde yacía el cuerpo, que fuera tan amenazante en vida: largos dedos pálidos y anillados que nacían a los costados del tronco, sin brazos casi —¿acaso Madre abrazaba?—, y una figura longilínea, que apun-

15

taba siempre hacia adelante. Era más temible ahora, sobresaliendo del ataúd, con los filos del cuerpo desguarnecidos. Casi nadie tenía intención de asistir al entierro, así que Carmona decidió dejar a Madre cuanto antes en el cementerio.

Llevaron el cuerpo a las diez de la mañana. Una de las gemelas pidió a Carmona que después del responso cantara *What Shall I do to Show How Much I Love her?*, de Purcell, y él lo hubiera hecho si se tratara de otra madre, pero no con ésta. Además, tenía la garganta seca: de las montañas azufradas bajaba un aire candente, que ponía quebradizas las cuerdas vocales. Cómo ibas a cantarle a Madre. Ella debía saberlo todo ya: sabía si el paraíso era la soledad del alma y allí no había lugar más que para Dios —como solía decir Padre—, o si era un dominio de gatos. ¿Acaso no bajaban a toda hora las manadas de gatos hablando del paraíso: y Madre las oía? Madre las oía. Carmona, en cambio, no.

Al día siguiente del entierro, mientras la familia rezaba el rosario, llegaron siete gatos. Fueron saliendo de atrás del crucifijo que la funeraria había llevado para el velatorio y probaron con las patas la dureza del piso. Luego orinaron de a uno, enderezando el chorro cada cual hacia su propia penumbra.

Parecían desembarcar de una fotografía muy antigua. Estaban cenicientos y magullados. Carmona pensó que eran sólo un recuerdo de Madre y que pronto se irían. Pero estos siete no eran recuerdos y al parecer tampoco tenían intención de irse. Cuando las gemelas los sacaron al patio, las manos se les erizaron de pulgas: fue una repentina ebullición de la realidad.

Padre nunca quiso gatos en la casa. Le parecían obscenos. ¿Qué se creían? No eran capaces de gratitud ni de culpa: sólo de placer. Le daban asco. Los oía correr por los techos y perdía el juicio. Pero apenas Padre murió, Madre adoptó a la Brepe y le permitió dormir con ella. Rápidamente, los demás gatos entraron en confianza: por las noches llegaban famélicos a la cocina y revolvían todo. A veces Carmona los oía penetrarse con tal avidez que se tapaba los oídos. Aun así, sentía el zigzagueo de los penes escamados en la oquedad de los culos y vaginas de gatas, ¿cómo esos hijos de puta pueden, cómo pueden?: aquellos amores lo cubrían de sufrimiento y envidia.

Carmona compartía el resentimiento de Padre por los gatos. Acosaban a Madre con insaciables maullidos egoístas y, cuando ella por fin les daba lo que pedían, la dejaban sola sin misericordia. Pero Madre los amaba igual. Fue preciso que cayera enferma para que Carmona pudiera desquitarse. No bien el médico dijo: "Madre ha entrado en agonía", él pensó: "Entonces, los gatos también". Se levantó en la madrugada y los sorprendió en la cocina, escarbando la basura. "Míos, míos, míos", los llamó, imitando la voz de Madre. Los gatos se le acercaron, confiados. Atrapó a uno y lo revoleó por la cola, quebrándosela. Sintió alivio cuando los huesos crujieron entre sus dedos y una florcita de sangre atónita se abrió allí mismo. El gato herido se le escurrió, soltando un alarido de niño. En un instante todos los otros gatos se desvanecieron. También la Brepe se marchó y debiste salir a buscarla porque Madre la reclamaba cuando estaba lúcida: "¿Qué has hecho con la gata, hijo de mierda, vas a dejar que me muera sin ella?" No volvió, no volvió. Hasta que la familia comenzó a rezar el responso ninguno de los gatos se dignó volver. Ahora siete de ellos estaban allí.

Madre solía decir que los gatos son como la felicidad: nunca están donde deben estar. Si la felicidad se repite es porque no has llegado todavía, si no se repite es porque llevas tiempo esperándola. Padre a su vez pensaba que la felicidad es un cuerpo, un lugar, un accidente. "Cuando vayamos a las montañas amarillas verás la felicidad", le dijo a Madre el día en que la conoció.

Ella tenía dieciocho años e iba a pasearse todas las tardes a la estación de trenes. Si se casó con Padre fue porque nadie antes la había cortejado, no porque Padre la conmoviera: las muchachas iban a la estación en aquel tiempo para mostrar que ya estaban disponibles, y Padre llevaba meses buscando novia. Madre se paseaba con seductora dignidad, y tenía el mismo cuerpo esquivo del final de la vida. Padre era un joven osado y se le puso a la par. La nodriza que iba con Madre se situó entre los dos: si querían conversar, debían hacerlo por encima de su cabeza. No se dijeron mucho. Padre preguntó si conocían la meseta donde iban a parar todas las felicidades que se perdían en la ciudad. La nodriza rió:

—¿Cómo se puede, en estos tiempos, prestar atención a historias tan idiotas? Ninguna felicidad existe afuera de las personas.

Pero Madre lo tomó muy en serio:

—Si en el cielo hay plazas y avenidas —dijo—, y si los ángeles tienen cuerpo, no hay razón para que la felicidad sea lo único invisible. A mí me da curiosidad saber qué aspecto tiene.

Padre estaba encantado:

—El sábado iremos a la meseta con mis primos —dijo—. ¿Les gustaría venir?

Madre no se comprometió hasta que Padre dibujó en un papel el camino que tomarían.

Desde la ciudad se divisaban las montañas amarillas, pero no estaban cerca. Se tardaba medio día en llegar a la falda oriental y tres horas en ascender por los socavones que había dejado el río durante la era mesozoica. El sol caía con tanto ardor sobre las paredes de azufre que las iba puliendo, y las nubes se reflejaban en ellas. Al otro lado de los socavones, sin embargo, el azufre se extinguía, y en las montañas se abrían vetas rojas y negras.

Madre vaciló antes de aceptar.

—¿Es peligroso? —preguntó.

Padre había estado una sola vez.

—El camino es inseguro —dijo—. Al terminar los socavones se avanza por unas veredas de piedra muy estrechas. Hay que andar de costado, con los morrales a la espalda. Vos no te inquietés, yo llevaré tu morral. Alguna gente ha caído, pero nadie ha muerto. Nadie puede morir en el paraíso.

Y Madre, seducida por la pasión que había en su voz, le sonrió por primera vez.

Salieron antes del amanecer. A Madre la acompañaba la nodriza, y a Padre algunos de sus primos. Llevaban carpas y lámparas de querosén para la noche, y frazadas de doble lana, porque solía nevar en lo alto. "¿Nieve tan cerca, con estos calores?", se extrañó Madre. "Sería raro si fuera en este mundo", dijo Padre. "Pero no es aquí".

Las veredas de piedra estaban resbaladizas de musgo, y avanzaron tan despacio que cuando llegaron a una planicie moteada por cráteres de agua era ya plena noche. Cruzaba el cielo una luna amarilla. El silencio se pegaba a los cuerpos y todos sentían su peso. Padre no quiso hablar. Los primos y la nodriza estaban tiesos, endurecidos por el pasmo. De pronto, un maullido rayó la noche. Era un solo gato, pero sonaba como un órgano. Madre tembló de excitación. "Quiero verlo", dijo. "Quiero acariciar ese gato".

Tomó a Padre del brazo. Ella tenía el cuerpo helado: sin embargo, exhalaba calor. "No es un gato", dijo Padre. "Lo que oís es un espejismo del sonido. Los gatos no pertenecen a este lugar". Por un momento, Madre se había sentido tan cerca de Padre que hubiera podido arder por él a la más leve chispa. Pero lo que Padre dijo bastó para que Madre lo excluyera de su mundo y lo sintiera como un desconocido. Madre hubiera querido decirle: "Así ha de sonar la felicidad: como ese maullido". Pero no lo dijo. Acababa de descubrir que él no podría entenderla.

Al desarmar las carpas por la mañana descubrieron una zanja profunda en la tierra, cubierta por escombros de abedules y conos de piedra. Por el fondo corría un hilo de agua purpúrea. Era una especie de muralla china pero hacia abajo, cavada cien años antes para detener las invasiones de los indios. Un batallón de zapadores había horadado a ciegas el desierto, sin saber cuándo debía terminar. La falta de mapas y la mortandad habían detenido la excavación a las puertas del valle: ésa era la leyenda. Aún quedaban las cicatrices de aquella larga trinchera atravesando el país de extremo a extremo, y cada vez que la gente veía las ruinas desde el tren no podía menos que decir: "¡Cuánto habrán sufrido los hombres en este infierno, y al fin de cuentas para llegar a nada!".

Madre quiso bajar a las honduras: en las paredes se distinguían matas de ortiga y colonias de insectos funerarios. La nodriza no se lo permitió: "Abajo hay cavernas donde no entra el aire", dijo. En verdad, el valle estaba sembrado de cavernas sin aire. Si uno se desplazaba un solo paso dentro de ellas, ya no podía respirar. Pero afuera el aire estaba limpio y con olor a menta.

En el centro del valle había una colina baja, tan amarilla y lustrosa que parecía de ámbar. Madre se sorprendió al ver una cabaña en la cúspide y tres caras asomadas a la ventana. Siempre había vivido allí una familia japonesa: Madre no lo sabía.

"¡Señor Ikeda!", llamó Padre. Al unísono, las tres caras saludaron, como en el escenario de un teatro. Cuando los viajeros llegaron a la cabaña les sirvieron algas, pescado crudo y cuencos de arroz. Madre odiaba las algas y pidió té. La señora Ikeda tomó asiento frente a ella y, extrayendo un enorme seno plano, dio de mamar al bebé que llevaba en el regazo. "Cuando lo vi por la ventana no pensé que fuera un niño tan niño", dijo Madre. "¿No fue él quien nos saludó?" "Sí, saluda, saluda", sonrió la señora Ikeda, inclinándose.

En verdad Madre no había pensado en el niño sino en sus propios sentimientos. ¿Le gustaba Padre? Quién sabe. No importa si te gusta o no, le habían dicho en su casa: el amor es tan sólo voluntad, cuestión de acostumbrarse. Una mujer necesita descansar sobre algo seguro: pertenecer. ¿Un amo? Madre no quería eso. De Padre no le gustaba la fuerza sino más bien lo que otros veían como su debilidad: que hablara poco y siempre de cosas que sucedían en otra parte. A un hombre así querría entregarse. Pero las opiniones de Padre sobre los gatos eran irritantes. "Los gatos sólo se quieren a sí mismos", decía él. "¿Y eso qué tiene de malo?", respondía Madre. "No molestan a nadie con ese amor". "¿Sabés a quién molestan?", porfiaba Padre. "A la armonía del mundo. Los que piensan sólo en su placer no tienen derecho a existir".

22

La discusión iba entonces subiendo de tono, y Padre terminaba por disculparse. Madre era aficionada a los escritos de Swedenborg, y había leído en el *Diario Espiritual* que a veces los ángeles toman forma de gatos. "Es una estupidez", le decía Padre. "No hay animales de cuatro patas en el cielo". "Hay gatos", insistía Madre. Y otra vez dejaban de dirigirse la palabra. Madre se rasgaba el ruedo de los vestidos para mostrar su enojo, y Padre se limpiaba los botines con saliva. Los hombres son envidiosos, se dijo Madre. Sienten celos de las pequeñas felicidades de las mujeres. ¿Qué mal podía hacerle a Padre que ella amara a los gatos? Los gatos daban algo que ningún hombre podía dar: ni poseían ni se dejaban poseer. Cuando ella se casara, tendría dos o tres gatos al pie de la cama. No estaba dispuesta por nada del mundo a renunciar a ese deseo.

Padre era también un hombre terco. Pensaba que si una mujer no era capaz de compartir las opiniones de su esposo, más valía que no se casara. Se había educado en el campo y gozaba de cierta fama como castrador de cerdos y caballos. A los caballos les hundía las gónadas en las masas intestinales, y no se declaraba satisfecho sino cuando rompían el bozal y estallaban en un relincho de sangre. ¿Era eso cruel? Padre se hubiera sorprendido si se lo decían: los actos humanos eran para él útiles o inútiles, y nada que fuera útil podía ser cruel.

Cuando la señora Ikeda dejó de amamantar al niño, ofreció a Madre que conociera el resto de

23

la casa. Los primos habían salido a explorar las cuevas, y la nodriza dormía junto al brasero del té. Pasaron por una galería que daba a los cráteres de agua y, como hacía calor, Madre pensó que podía bajar a bañarse. "No lo haga", dijo la señora Ikeda. "Los únicos que pueden bañarse en los cráteres son los gatos". Madre se estremeció. "Me habían dicho que a este lugar no llegaban gatos", dijo. "Cómo, si aquí está lleno", se extrañó la mujer. "En ninguna otra parte podrían sentirse mejor".

Al entrar en el dormitorio, la señora Ikeda se quitó la blusa y descubrió sus grandes pechos planos. Los pezones eran mínimos y verdosos, como semillas de uva. "¿No quiere refrescarse?", le preguntó a Madre. "Yo tengo que frotarme los pezones con aceite. Si no lo hago, el niño no puede mamar". Con delicadeza, humedeció un algodón y empezó a sobarse los pechos. Por los poros le brotaban gotitas de leche: ellas las recogía con los dedos y las iba lamiendo. El niño lloró. Los pezones se excitaron con el llanto y crecieron un poco. "Ya verá usted cuando tenga hijos", dijo la señora Ikeda. "No hay tiempo para ocuparse de otra cosa".

Casi en seguida se hizo de noche. La luz del día duraba poco en invierno, porque las montañas cubrían el sol. Pero en el verano no había noche: el verano era una larga siesta que tardaba en apagarse. Decidieron bajar al campo. Debían caminar con cuidado, porque estaba lleno de luciérnagas dormidas y si pisaban mal las aplastarían. Cada uno de los primos llevaba un par de sillas, y Madre pensaba que cuando avanzara la noche podrían ver los planetas rozando unos con otros sus largas colas y sus anillos, como señoras que van a una fiesta. Padre y el señor Ikeda iban delante, hablando con animación. Llevaban al hombro un proyector de películas y cinco latas de celuloide.

"¿Cine? ¿Por qué tan pronto?", quiso saber Madre. "Van a arruinar la noche".

"Quédese tranquila", dijo la señora Ikeda. "Si no trajeran la película no habría noche. Y además, es hermoso".

Un penacho de luz iluminó la cabaña. Era la luna. Se movía a mucha velocidad, casi como una estrella fugaz, y no era la misma luna distraída de la noche anterior: se le habían borrado los destellos amarillos y estaba manchada por lunares de luz azul: lunas de la luna. De pronto, la luna se frenó en su travesía, y lo único iluminado en el valle fue la falda lustrosa de la colina. En la claridad, la colina olvidaba su forma cónica de la mañana y se volvía un rectángulo, por algún secreto rencor de la geometría. Madre comprendió que las imágenes aparecerían allí, y quiso que fuera una película ya vista para apreciar los detalles que antes hubiera perdido: al ampliarse, las caras serían inabarcables como desiertos y los personajes no correrían con los pies sino con las uñas de los pies. Si en la película figuraban los pechos de la señora Ikeda, Madre podría tal vez descubrir por qué sus pe-

25

zones eran tan pequeños. ¿Y los de Madre, cómo eran? Una pequeña balsa de pecas que naufragaba en un breve océano. Los pechos de Madre tenían forma de pera, como el mundo de Cristóbal Colón, y en los pezones de la pera brillaba el paraíso.

Había un orden celestial en las sucesivas cadencias de la escena. Los espectadores dispusieron las sillas en semicírculo y callaron. La hierba se puso tibia y la luz del proyector dio de lleno en la colina. Todas las luciérnagas levantaron vuelo a la vez, como si hubieran estado esperando esa señal, y tejieron en el aire un ideograma con una especie de hollín fosforescente. La señora Ikeda habló en voz baja: "Allí está el título de la película: ¿alcanza a leer?" "Sí", confirmó Madre con naturalidad. "*La mano del amo*. Son los mismos signos que aparecían en mi libro de primer grado".

A la intemperie, la noche conservaba su oscuridad y su vacío, mientras sobre el paisaje fijo de la pantalla las cosas empezaban a suceder. Madre sintió que las imágenes la arrastraban en vilo a las profundidades de la tierra. Vio los cuerpos desnudos de Adán y Eva acosados por un géiser en cuya cresta brillaba una manzana. Vio el cielo musulmán de Gibbon, donde setenta y dos huríes de ojos negros ofrendaban a los creyentes un orgasmo de mil años. Vio una comedia de equivocaciones en el paraíso de Voltaire. Y vio también el país donde las almas de los indios yanomami conviven con las termitas aladas, entre los volcanes del centro de la tierra. Los yanomami atrapaban a las termitas en la boca de los nidos y se las comían, para que les dieran noticias de los parientes muertos. Las termitas eran comprensivas, y al pasar por la garganta de los hombres les decían frases de consuelo: *No lloren, quédense en paz. Todas las almas viven todavía. Están en silencio y tienen los ojos abiertos.*

Por los altavoces, las palabras fluían en orden, en la lengua que correspondía a cada historia. Tal vez porque no se apartaban de ese orden todos las entendían. Pasaba lo mismo con el paisaje: mientras por la pantalla desfilaban los fantasmas celestiales de John Milton y la serpiente del Génesis, las montañas amarillas y los cráteres de agua seguían en su sitio. En el cielo de las armonías todas las fijezas eran movimientos y todas las felicidades nacían de la perdición. Sólo el que se perdía se encontraba.

A veces, los personajes se esfumaban y el señor Ikeda debía llamarlos a través de los bucles del celuloide. En un momento dado aparecieron hogueras en la colina. La tierra tembló al paso de caballeros que alzaban estandartes rojos y verdes. "Cuidado, que está por arder la casa", se sobresaltó la nodriza. "No se preocupe", dijo el señor Ikeda. "Son partes de una película que se han metido donde no debían". Echó a andar los ventiladores del proyector, y el fuego se apagó.

Padre y los primos cabeceaban de sueño. En cambio Madre no daba descanso a su deslumbramiento. De los tres cielos del Atharva Veda pasaron a la historia del rey Gilgamesh. Lo vieron descender por las paredes grises de la gran zanja y abrirse paso entre las colonias de insectos funerarios para buscar la planta de la inmortalidad. Cuando el rey descubrió por fin la planta entre los escombros de abedules, el niño de la señora Ikeda rompió a llorar. La película se cortó y el rectángulo de la colina se puso blanco. Todo el valle fue inundado por una súbita luz lechosa, que empolvaba las caras. Madre vio que el niño, como Gilgamesh, tenía la frente manchada por un lunar negro y alargado, en forma de semilla de sandía, y se dio cuenta de que el lunar aparecía también en los demás personajes de la película.

Ya estaba Madre por lamentar que el llanto del niño la hubiese dejado sin saber si Gilgamesh se convertía o no en un dios inmortal cuando los espasmos del llanto se alisaron y fueron resolviéndose poco a poco en una melodía apacible, que enternecía el corazón aunque nadie entendiera las palabras. El canto del niño se encaramó sobre una sola nota, subió y bajó por ella con la agilidad de un presentimiento, hasta que se decidió a volar hacia un fa muy agudo, y allí se perdió de vista. Aunque Madre había seguido todas las acrobacias de la pequeña garganta y había visto cómo los vientos de la música se paseaban con inexplicable comodidad por unos pulmones que estaban aún a medio formar, no se resignó a la evidencia de que era un niño de pecho el que cantaba.

"Estos altavoces son una maravilla", dijo. "Hasta cuando están apagados siguen sonando".

La señora Ikeda se incomodó: "No son los altavoces. Es el niño. Tiene esa voz desde que nació. Mi marido está pensando en castrarlo para que no la pierda".

"¿Cómo van a hacer eso?", se horrorizó Madre.

"Es por su bien", explicó el señor Ikeda. "Habría que castrarlo ahora, cuando todavía no se da cuenta. Si crece y cambia la voz, ya no tendrá remedio".

Padre estaba encantado: "¿Quieren que lo haga yo?", preguntó. "En los niños de meses no duele nada. Lo sé por experiencia. He castrado a muchos potrillos".

Madre le clavó los ojos con indignación: "Si querés volver a verme no castrés a nadie más".

"No lo haré", prometió Padre. "Te juro que nunca más lo haré".

A Madre la desencantó que cediera tan rápido. Aunque estaba segura de que tarde o temprano llegaría a dominarlo, deseaba que él se resistiera un poco más.

Como ya todos habían perdido las ganas de seguir viendo la película, recogieron el proyector y caminaron hacia la casa. Habían acordado que Madre y la nodriza dormirían en el granero, y que los hombres se tenderían a la intemperie. Pero no hizo falta, porque cuando estaban a mitad de camino, el sol les evitó las lentitudes del amanecer y se situó de una vez en lo alto del cielo. ¿Era domingo aún, o había llegado el lunes? Mientras atravesaban el súbito filo de la claridad, la señora Ikeda necesitó acomodarse los pechos y confió su

hijito a Madre. Ella preparó los brazos para recibir un peso tan prodigioso como la voz, y se sorprendió al sentir que el niño era puro aire o sonido: pesaba menos que una costumbre. "Quisiera tener un hijo mío igual a éste", pensó Madre
en voz alta. Y de inmediato se arrepintió: "Para
qué lo habré dicho. Basta que uno cuente un
deseo para que la realidad haga las cosas al
revés". La señora Ikeda le acarició la cabeza: "Eso
no depende de la realidad sino del deseo".

Regresaron por las mismas veredas de piedra,
pero los lugares ya no se parecían al recuerdo que
conservaban de ellos. En el antiguo curso del río
se alzaba ahora un columnario de hormigueros.
Lo que volvieron a oír fue el lamento de un gato.

Sucedió así: Madre y la nodriza marchaban a
los saltitos por el piso candente, esquivando el
borbollón de las hormigas. Padre, adelante, llevaba un parasol. En ese punto del camino sonó
un maullido larguísimo, que no bien se agotaba
en un eco ya estaba empezando en otro. Madre
se estremeció y sintió la tentación de volver atrás.

"Ahora sí lo han oído, ¿verdad? Ya me había dicho la señora Ikeda: es natural que aquí
haya gatos".

Sobrevino un silencio interminable. A Padre se
le apagó la sonrisa. "No pudo ser un gato", dijo.
"Es el niño, que canta".

Madre perdió la paciencia y no quiso tomarlo
del brazo. Creo que nunca volvió a tomarlo del
brazo, salvo cuando se casó.

Los gatos

Al volver del entierro, las gemelas rezaron un rosario y se marcharon con sus maridos, dejando a Carmona por primera vez solo en la casa. ¿Qué hacer? Todo estaba tan vacío. Los gatos se habían esfumado. Carmona estuvo esperándolos un largo rato en la penumbra mojada de orina y, cuando se dio cuenta de que no volverían, intentó atraerlos cantando una escala detrás de otra. Si cualquiera de ellos se presentaba, Carmona le quebraría la cola. Pero los gatos ya lo sabían.

Padre le había enseñado a temer a los gatos; tenían una inteligencia sobrehumana, vivían en perpetuo estado de goce sin preocuparse por el goce de los demás, y cuando los hombres dor-

31

mían les devoraban los testículos. "Ganáles de mano. Castrálos o no te los sacarás de encima", le decía. Más de una vez, Carmona los había tenido a su merced, navaja en mano, y no se había animado. En cambio Padre solía atraerlos con facilidad hasta el piletón del fondo de la casa y allí los segaba con una hoja de afeitar, apretándoles el buche para que no maullasen. "Castrados mean con menos olor", explicaba Padre. "Si no hubiera gente compasiva que los castra, el mundo entero estaría oliendo a orina de gato".

Después del rosario, el olor avanzó con fuerza por la casa. Carmona preparó una solución de acaroína y lavó las penumbras mojadas de la sala, pero el olor era tenaz y no se dejaba vencer fácilmente. Donde más fuerte castigaba era junto al cuadro favorito de Madre. Carmona empezó a descolgarlo, y el olor aumentó. En la pintura, Jesús salía de una crisálida de luz, cenicienta la piel, apenas cubierto por un sudario, y abría los brazos a un tropel de niños con el pelo en tirabuzón. Sobre los hombros de Jesús trepaban algunos gatos malévolos: amarillos, rayados y grises, como los que solían andar detrás de la Brepe. Era un cuadro profano, qué duda había. Y aunque Madre era una mujer muy devota, pasaba horas frente a él, hablándole en voz baja.

De un modo u otro, los gatos habían figurado siempre en las historias piadosas con las que Madre entretenía a los niños. Uno de los libros que solía leer contaba que Gato era el nombre elegido por Dios para designar a Cristo y resistir los avances del Demonio. Tokio había consagrado a Gato un templo de tablones dispuestos en forma de cruces y de campanas. En Marruecos, algunos islámicos devotos cenaban una vez al año lonjas fritas de gato fingiendo que eran briznas desprendidas del cuerpo de Dios. Cerca de Port-Said, donde el culto a Bastet —la diosa con cabeza de gato— se extinguió cien años antes de la crucifixión, los ingleses encontraron a mediados del siglo XIX un templo minúsculo y portátil, movido por los azares de las dunas, en el que unos pocos eunucos adolescentes se turnaban para adorar, día y noche, los sarcófagos de cien gatos momificados. La Iglesia puso fin a las profanaciones e invirtió la divinidad del gato: en vez de príncipes del paraíso los volvió sirvientes del infierno. Un gato quemó a San Agustín con su aliento de sulfuro; otro se deslizó por la noche en la celda de la universidad de Nápoles donde dormía Tomás de Aquino y borró con la cola el capítulo de la *Summa Teologica* donde el maestro esclarecía por fin el largo enigma sobre el tamaño del miembro de los ángeles. Algunos siglos después, los inquisidores vengaron a los padres de la Iglesia quemando miles de gatos en hogueras sacramentales que los consumían lentamente. A mediados del siglo XIV, en Metz, una pareja luciferina, encarnada en dos enormes gatos negros, desató la peste bubónica. Los exorcistas consiguieron atraparlos cuando huían de la ciudad y los sometieron a tormento durante noches incansables para que admitieran su culpa. Los gatos maullaron oscuras súplicas pero se negaron a confesar. Arrebatado por la ira, el obispo de Metz terminó estrangulándolos con sus propias manos, pero a los pocos días él mismo se infectó de bubas y murió. Desde entonces se lo venera como mártir.

Madre contaba las historias con voz monótona, tratando de que los gatos aparecieran siempre como inocentes criaturas de Dios que sufrían el fuego cruzado de los idólatras orientales y de los cristianos supersticiosos. "Pobrecitos", decía. "La ignorancia ha convertido a los gatos en los judíos del reino animal. Cada vez que hay una desgracia, les echan la culpa".

Debajo del cuadro favorito de Madre el olor se volvía insoportable. En alguna parte Carmona había leído que, cuando era inmune a la acaroína, se lo podía disipar con vinagre incoloro. No había vinagre en casa, y el tufo lo asfixiaba. ¿Cómo dejar la limpieza para el día siguiente? Ni pensarlo. Las oleadas de olor levantaban espuma y entraban en los dormitorios. Abrumado, se inclinó sobre el cuadro y rozó con los labios la frente del cadavérico Jesús. De inmediato, sintió punzadas en la lengua y el olor se retiró. Volvió a besar el cuadro, con más resolución, y en cada poro del sentido del gusto entró algo que parecía una membrana o una espina: nada que diera dolor sino, apenas, la sensación de haber pasado por un momento a otra parte, lejos de este mundo.

La serenidad lo invadió. Como todas las noches, fue a darse un baño de agua tibia antes de meterse en la cama. Ya estaba desvestido cuando los gatos aparecieron otra vez, espiándolo por las hendijas de la puerta. Carmona abrió el chorro de agua caliente para intimidarlos con el vapor. Sin sacarle los ojos de encima, los gatos retrocedieron hasta el dormitorio y allí empezaron a lamerse unos a otros. Carmona sintió pudor. Nadie lo había mirado antes con tal descaro, lamiendo una piel ajena. Llevado por la fascinación los imitó: se lamió los brazos. Su lengua estaba áspera, como papel de lija. Los brazos no tenían gusto a nada, ni siquiera a jabón. Todos los sabores se le habían evaporado. Así como los ciegos ven sólo la luz amarilla, Carmona no distinguía sino lo agrio. Un filtro iba colando los otros sabores de las cosas y, sin embargo, lamerse los brazos le producía una forma nueva de gozo: como si muchos gozos que a nadie pertenecían desearan quedarse con él.

Los gatos se desperezaron con sensualidad y desaparecieron. Carmona salió de la bañadera envuelto en un toallón y los llamó por toda la casa. Siguió rastros imaginarios de orina, siseos que parecían brotar a sus espaldas pero que se acallaban al encender la luz, respiraciones que eran macetas de begonias o velas apagadas o un sombrero de Madre con los tules desflecados. Cuando se acostumbró al fracaso dejó de buscarlos. Volvió a la cama y estuvo largo rato despierto, acechando los ruidos. Padre ya era cenizas.

Imágenes de la felicidad

CONOCÍ BIEN A MADRE. De niño la amé con desesperación. No aceptaba que hubiera otras mujeres cerca de ella. Madre era la infinitud del cielo
y yo lo deseaba vacío. Como para Swedenborg,
el cielo era para mí un punto fijo del universo,
en el que cabían todos los coros de ángeles, pero
sólo Madre ocupaba ese punto; y no existían
los deseos, porque apenas despuntaba uno,
ella lo hacía desaparecer. Por las noches, Padre
solía sentarse junto a mí, en la cama, y acariciarme
la cabeza. Madre no lo hizo nunca, y yo no esperaba que lo hiciera. Sabía que Madre em-
pleaba todas sus fuerzas en quererse a sí misma,
y mi amor consistía en eso: en ayudarla a
quererse.

No bien sentía yo las enormes manos de Padre, mi piel se convertía en esponja y absorbía la pesada ternura que Madre no quería recibir: lo que sobraba de las caricias destinadas a Madre. Las manos eran ásperas, como si las hubieran construido con guijarros. ¿Cómo toleraba Madre que unas manos así se pasearan por su cuerpo? Si yo aceptaba en cambio con fruición las caricias de Padre era para que las caricias se agotaran en mí y a ella dejaran de martirizarla. Algo de lo que sufrían los gatos cuando los castraba Padre quedaba pegado a los dedos que me hacían caricias: Madre no lo sabía pero yo sí. Lo que me acariciaba eran sufrimientos.

❖

Madre creyó que Carmona cantaría antes de aprender a hablar, como el hijo de la señora Ikeda. Muchas veces, en medio de la noche, se acercaba a la cuna y acechaba su respiración, con la esperanza de que estuviera dibujando alguna melodía. Y cuando oía maullar (porque siempre, aunque no hubiera gatos, Madre oía maullar), despertaba a Padre y le decía: "Por fin el niño ha empezado con su canto". Padre se levantaba en puntillas y no encontraba nada. A veces, sí, brotaba del niño un gorjeo tonto, como un desperezo de las cuerdas vocales, y entonces Madre se arrebataba, corría de un lado a otro del dormitorio con su camisón de reina: "¿Has oído, has oído?", preguntaba. "¿Ahora te convencés?" Padre se apresuraba a darle la razón: "Claro que sí. Algo he oído". Pero la mayor parte de las noches Madre se dormía desalentada, con el presentimiento de que Carmona nunca tendría voz.

Al poco tiempo Madre parió gemelas con sendos lunares en la espalda, sombreados por cerdas negras, como parches de una piel animal. Madre supo desde el principio que las gemelas no querrían aprender a nadar, para no mostrar sus espaldas escotadas, y decidió que si Carmona nadaba por los tres desarrollaría prodigiosamente los pulmones y músculos de la voz. Había leído en una revista que los niños nadan por instinto, como los otros mamíferos, y que el instinto se les adormece con las primeras luces de la inteligencia. Carmona estaba por cumplir dos años: ya casi no quedaba tiempo. Lo llevaron a una pileta de agua fría, al pie de las montañas amarillas, y lo arrojaron sin miramientos. El agua estaba podrida, con manchas de insectos y rayas de bronceadores rancios. No había nadie alrededor. Ni Madre ni Padre sabían nadar, de modo que Carmona se hubiera ahogado si no hubiera sido por los instintos, que seguían despiertos. Tocó el fondo del agua espesa y no sintió frío: su atención estaba demasiado ocupada en los movimientos de las tinieblas, que eran más frenéticos cuanto más abajo llegaba. Antes de hundirse en el limo, se izó hacia la superficie. Había aprendido a respirar ya no sólo con el aire sino con el recuerdo del aire. Los alvéolos de los pulmones estaban henchidos de abejas de aire que continuaban con su ajetreo sin inquietarse por lo que pasaba afuera: el frío, la humedad, el agua, el vacío, los tóxicos, nada les hacía mella. ¿Sabía Padre cuánto tiempo había estado sumergido? Unos nueve segundos, le dijo a Madre, orgulloso. Fueron más: por lo menos el doble.

Padre se entusiasmó tanto con los progresos de Carmona en el agua que decidió cortar de raíz el pudor de las gemelas por sus lunares y obligarlas a nadar. No se arriesgó a lanzarlas a la pileta confiando en sus instintos, porque nunca supo si los tenían. Las dejaba horas llorando en la cuna, para que ejercitaran los pulmones, y cuando las bañaba les sostenía la cabeza bajo el agua tres o cuatro segundos. Las gemelas aprendieron a contener la respiración pero nunca nadaron. Odiaban el agua.

A Padre le desesperaba la indiferencia de las gemelas por todo lo que no fuera sus lunares, y cada vez que llegaban visitas a la casa, las presentaba diciendo: "Aquí las tienen, pobrecitas. Las dos nacieron con un lunar monstruoso en la espalda. A ver, hijas, muestren el lunar a los señores".

Aunque hay una sola manera de ser bondadoso, la manera de Padre no se parecía a la de nadie más. Solía levantarse en medio de la noche para arropar a los niños —algo que Madre jamás hizo—, y cuando bebía un tazón de leche fresca por la mañana mojaba trozos de pan y se los daba en la boca a las gemelas, como si ellas fueran pajaritos. Pero las visitas lo perturbaban: no sabía de qué hablar. Cuando el silencio entraba en las conversaciones sentía que era su culpa, y en la desesperación por ahuyentarlo echaba mano a los lunares. Las gemelas lloraban con una angustia que partía el corazón y corrían a esconderse en los roperos, atontadas por la humillación y la vergüenza. Esos raptos de rebeldía indignaban a Padre. Las buscaba por todas partes y no cejaba hasta que conseguía llevarlas ante las visitas. Cuando las tenía allí, bien sujetas de las muñecas —con aquellas manos poderosas—, obligaba a las gemelas a desvestirse y a mostrar la espalda. Ellas se arrastraban por el piso, estirando sus vestiditos con desesperación, y aunque las visitas intervinieran cortésmente, "Déjelas en paz. Un lunar es un lunar. Podemos imaginar cómo son éstos", Padre se mantenía inflexible. "No", decía, "ustedes jamás verán nada igual. Son lunares dignos de un circo".

Para atenuar la impresión que los arrebatos de Padre causaban en las visitas, Madre explicaba que los lunares eran consecuencia de un susto casi pueril durante el embarazo. Cierta mañana, cuando caminaba por la vereda del asilo de locos, uno de los internos le agarró un tobillo. Faltaban tres o cuatro meses para que nacieran las gemelas y el abdomen se veía llegar desde lejos. Madre iba demasiado próxima al foso donde los locos, trepados sobre cajoncitos de frutas, se distraían tomando el fresco. El súbito manotazo en el tobillo casi la hizo caer. Por fortuna, Padre alcanzó a sujetarla por detrás. Pero al trastabillar, la mirada de Madre barrió el horizonte ralo de la vereda y se detuvo en la frente del loco, ornada por un lunar en forma de semilla, como el del niño de la señora Ikeda. La impresión fue imborrable. Durante el resto del embarazo no cesó de soñar con el lunar. Soñó con él de tantas maneras que cuando lo vio en las espaldas de las gemelas advirtió que el sueño, con su insistencia, había terminado por abrir las puertas de la realidad.

Cada vez que Padre exhibía los lunares de las gemelas, Carmona tenía miedo de que le pasara lo mismo. Tarde o temprano me tocará el turno a mí, decía. Parado frente al vestidor de Madre, examinaba su cuerpo en busca de alguna imperfección escondida. ¿Un dedo atrofiado en el ombligo: a ver? ¿Pelos en la planta de los pies? ¿El tatuaje de una letra en la espalda? Las criadas confirmaban sus temores: Ya te llegará el día a vos también. Y él se dormía pensando que era verdad: cuando despertara habría llegado el día.

Llegaron otras cosas. En lo peor del verano —que era siempre atroz en la provincia: una larga llaga— se mudaron a la casa de al lado unos árabes estrepitosos llamados Al Amein o Alamino. Como la pared que separaba los dos patios era muy baja, las voces circulaban libremente. Madre se sentía tan humillada por la vecindad de los árabes que cuando llegaban visitas pasaba la mayor parte del tiempo disculpándose por vivir donde vivía. A Padre, en cambio, la jerga incomprensible que se filtraba desde el otro lado le servía de pretexto para no hablar. "Oigan eso,

42

qué descaro", comentaba, y se quedaba largo rato meneando la cabeza. Así, los lunares de las gemelas fueron pasando a segundo plano y cuando reaparecían los silencios, Padre callaba en paz.

Hacía ya tiempo que Madre buscaba la felicidad, pero cada vez que la sentía en la punta de los dedos, a la felicidad se le presentaban otros compromisos. Los Alamino, en cambio, no buscaban nada. Vivir felices era para ellos una manera de ser como cualquier otra.

Al poco tiempo de la mudanza, y sin razón alguna, se convirtieron en una fatalidad insoportable para Madre. Aunque ella nunca lo dijo, yo sé que les deseaba la muerte. Tenían la costumbre de lavarse dos veces por día, antes del almuerzo y a la caída de la tarde. Hundían la cara y los brazos en jofainas de porcelana y se frotaban las piernas con arena, obedeciendo al Profeta. De rodillas, con las manos tendidas hacia los páramos del oriente y la frente clavada en los humores del piso, cantaban a Dios una letanía que Padre remedaba cuando había visitas: *la ilajá ilá laj*. Para colmo, los hombres andaban desnudos por el patio y besaban a sus mujeres delante de todo el mundo, estallando cada dos por tres en carcajadas que a Madre le sonaban obscenas. El dinero no parecía importarles, como si les lloviera del cielo. "Han de ser contrabandistas", suponía Padre. "De otra manera, tanta alegría no tiene explicación". Por si fuera poco, alimentaban a montones de gatos. Durante los rezos, los gatos se les trepaban a las espaldas y maullaban, ellos tam-

bién con los hocicos vueltos hacia los páramos.
La hija mayor de los Alamino, con un lunar redondo y abultado en mitad de la garganta, estaba a punto de casarse. Lo primero que hacía el novio por las noches, cuando la visitaba, era quitarle el echarpe y lamer el lunar apasionadamente. "¿Vieron que es bueno tener lunares?", explicaba la señora Alamino a las gemelas cuando empezaron a contarle sus desconsuelos. "Si no fuera por la tentación de besar el lunar de Leticia, el novio no la querría tanto".

❖

Hay unas cuantas historias que he olvidado contar, y aunque no formen parte de mí, sin ellas yo no sería quien soy. Un hombre, al fin de cuentas, sólo es lo que olvida. Olvidé contar que las gemelas aprovechaban las distracciones de Madre para escapar a la casa de los Alamino y, sentándose a los pies de Leticia, la ayudaban a doblar el interminable ruedo de su vestido de novia. En unas pocas semanas aprendieron a distinguir una tela de otra (sólo las de verano, porque el invierno duraba menos de un mes en la provincia, y con frecuencia ni siquiera eso: simplemente pasaba de largo; nadie, por lo tanto, usaba lanillas, tartanes ni casimires) y se aficionaron a probar vestidos ajenos: los preferían con volados y lazos. Cuando cumplieron seis años, en febrero, la señora Alamino les envió un espléndido ajuar de bailarinas andaluzas. El empleado de la tienda lo entregó a última hora de un sábado, mientras Madre recibía a las visitas y Padre, en el fondo, disfrutaba toqueteando a las sirvientas. Les pasaba las manos por las piernas y luego se olía la punta de los dedos: sólo eso. El fuerte perfume hacía que los sentidos se le pusieran de pie.

Aunque las cajas de los regalos no traían sino una simple nota sin firma, Madre adivinó la letra de la señora Alamino a la primera ojeada. Esperó que las visitas se fueran y entró en el cuarto de las gemelas, temblando de cólera. Las niñas se probaban los vestidos ante el espejo. Padre las ayudaba a que se ciñeran los corpiños y a que los amplios volados, sujetos aún con alfileres, se desplegaran hasta el piso. Les había pintado los labios y las mejillas con un toque de bermellón. Que Padre hubiese abierto la caja sin tomar en cuenta lo que Madre sentía era más de lo que ella podía soportar. Las aletas de la nariz le latían de furia. Unos lamparones verdosos le brotaban bajo los lagrimales y se propagaban hacia las aletas, dilatándolas. Esa tarde Madre llevaba un largo vestido abotonado, con refuerzos de presillas y lazos, lo que acentuaba su aspecto de abadesa. Ordenó a las gemelas que se desvistieran y, sumida en un silencio temible, empezó a meter los vestidos en las cajas. Tomó la nota de la señora Alamino y escribió en el reverso: "No queremos nada de usted". Leyó las palabras en voz alta, subrayando las sílabas.

—Vayan a devolver este regalo —dijo sin mirar a Padre—. Vayan ahora mismo.

Las niñas se echaron a llorar. Los vestidos eran de esas gasas aéreas que nunca terminan de posarse sobre la piel. Durante la tarde, mientras el sol aún caía sobre las ventanas, los habían admirado a trasluz, gozando con las manchas rojas que la falda les dibujaba sobre la cara. Da gusto verlas tan felices, había pensado Padre. No creo que Madre tome a mal el regalo. El paquete ha venido directamente de la tienda y los Alamino ni siquiera lo han tocado. Pero Madre se mostró inflexible:

—Obedézcanme y devuelvan esos trapos ya mismo —dijo.

Padre insistió:

—El regalo es anónimo. Podemos fingir que lo hemos comprado nosotros. No estamos obligados a mostrarnos corteses.

Razonar no entraba, sin embargo, en la lógica de Madre. Para ella no había otra lógica que la de su deseo. Volvió su enojo contra Padre y le reprochó que la contradijera delante de las niñas. Un reproche la llevaba a otro, que nada tenía que ver con el anterior. Le echó en cara sus modales campesinos, sus errores de ortografía, las manchas de grasa en la ropa. Le recriminó el aislamiento en que vivían: lejos de las familias distinguidas, de los paseos en bote por el río, de las procesiones de Corpus Christi y de las bendiciones del arzobispo. Padre la dejó desahogarse, y cuando ella se interrumpió para suspirar le dijo:

—Ahora te callás. Cuando una mujer le habla a su marido de esa manera es porque le ha perdido el respeto.

—¡Vaya la novedad! —respondió Madre como un latigazo—. Hace ya mucho que te lo he perdido.

Padre la tomó por el brazo, tratando de llevársela al cuarto matrimonial. Pero ella se zafó con agilidad y saltó sobre las camas. Todo sucedió muy rápido. Las gemelas contemplaban la escena con sus grandes ojos inmóviles, como si estuvieran allí. Parecían esas terribles fotografías de Diane Arbus. Madre arrancó el primer botón de su vestido y tiró hacia abajo con tanta fuerza que los demás botones saltaron, descuajados de las costuras. Volaron las presillas y se trizaron los lazos. Y a medida que los jirones de tela se desprendían, no cesaba de balbucear: "¿Con quién me he casado, por Dios? ¿Con quién he tenido la desgracia de casarme?" Se le veía la piel tensa y blanca de las caderas, como dibujada en mármol. Otra mujer hubiera llorado y suplicado, pero ella jamás: no era de las que se dejan vencer. Ya se había roto los vestidos otras veces, y así obligaba a Padre a que le comprara unos nuevos.

❖

Nada era entonces tan incomprensible para mí como los sentimientos de los adultos. Para Madre, la felicidad eran los gatos, pero Padre no le permitía tener ninguno y ella aceptaba que fuera así. Tarde o temprano la felicidad le llegaría de arriba, sin que debiese dar nada a cambio, como si fuera un don del cielo antes que un don del ser. Lo único que hacía feliz a Padre, en cambio, era la felicidad de Madre. Hubiera sido capaz de concederle cualquier cosa, menos que tuviera gatos. A mí me costaba entender que siguieran viviendo juntos cuando no eran capaces de darse el uno al otro la poca felicidad que necesitaban. Madre solía decir: "Yo no soy esclava del placer de nadie. No tengo amo".

¿Qué creería ella que era tener un amo? En principio, un amo es algo femenino. La fuente original de la palabra es ama: la que alimenta. Madre suena igual que Ama en hebreo, en sueco, en gaélico, en griego, en vasco, en castellano. Es como si gargantas muy diferentes se dejaran caer, en ese punto, por un plano inclinado. La densidad de esas dos palabras, Amo y Madre, arrastraba con una terrible y simultánea fuerza de gravedad a las gargantas que las pronunciaban.

Poco después del cumpleaños de las gemelas, Padre se plegó a la campaña de Madre contra los vecinos árabes, pero no estoy seguro de que también los odiara. Cuando él odiaba de veras a las personas lo hacía con disimulo. No tenía carácter para arriesgar una pasión que los demás le podían devolver. Si odiaba a los gatos, era porque no esperaba de ellos ninguna respuesta.

Cierta noche de abril, cuando los vecinos estaban rezando sus plegarias islámicas, las gatas sucumbieron a un repentino acceso de celo y comenzaron a plañir. El lamento se volvió tan penetrante que no sabíamos si venía de fuera o de adentro de nuestras cabezas. Padre se paró en medio del patio y a través de la tapia gritó, a pleno pulmón: "¡Hagan callar a esos demonios, turcos de mierda!" Los maullidos se apagaron en el acto y las oraciones cesaron, pero Padre ya no pudo sosegarse. Preparó unas albóndigas de vidrio molido, las arrojó por encima de la tapia, y se dispuso a pasar la noche velando la agonía de los gatos. Fue un fracaso. Los animales no tocaron las albóndigas, y a la mañana siguiente los Alamino las recogieron con una palita y las tiraron por el inodoro.

Lo que Padre quería era duplicar la altura de la pared medianera, pero no podía violar los planos municipales, ni siquiera sobornando a los inspectores, porque arriesgaba su licencia como calculista de materiales. Tuvo que conformarse con sembrar de vidrios rotos la cresta de la tapia y rellenar las esquinas con alambre de púa. Aun esas defensas resultaron insuficientes. Los gatos se ingeniaban para saltar de un patio a otro en medio de la noche, y rondaban codiciosamente las jaulas donde Padre criaba unos zorzales muy raros, de pico azul y pecho moteado, que silbaban un solo trino largo al amanecer y luego callaban durante todo el día.

❖

Cada vez que Madre se disgustaba, pasaba largas temporadas en silencio, sin conceder a Padre más que las escasas palabras de la convivencia. Si se reconciliaban era porque Padre admitía su culpa aunque no la tuviera, y prometía no ofender a Madre nunca más. Los enojos de

Padre, en cambio, eran fugaces como el hervor de la leche. Después del cumpleaños de las gemelas estuvieron más de un mes sin hablarse. Hasta que un domingo amanecieron abrazados.

La familia estaba alegre y esa tarde salió a tomar el fresco en el patio. A lo lejos los relámpagos tejían un fantástico encaje, y se veían las cortinas de agua arrastrando su manto violeta sobre los campos. De la ciudad, sin embargo, no se retiraba el calor. Dos primas viejas de Madre que estaban de visita contaron la historia de unas verrugas que se habían curado como por arte de magia con cataplasmas de belladona. A Padre se le ocurrió que la receta podría servir también para disolver los lunares de las gemelas. Buscó a las niñas por toda la casa para contarles la idea pero no las pudo encontrar. Las buscó en las ramas de los naranjos donde solían esconderse, entre los fogones de la cocina y debajo de las camas. Empezaba a revisar los armarios cuando le saltó a la nariz el olor penetrante de los gatos. Brotaba de los vestidos que solían ponerse las gemelas cuando visitaban a los Alamino. Pero como Padre no lo sabía, imaginó lo peor: que los gatos estaban invadiéndole la casa y que tarde o temprano lo obligarían a marcharse.

Se puso a caminar de un lado a otro, arrastrando los vestidos y profiriendo amenazas a los gritos: "¡Voy a matarles todos los gatos, turcos de mierda! ¿Me han oído?" En vez de calmarse, iba excitándose más. En uno de sus recorridos encontró a las gemelas, sentadas junto a Madre y las primas. Estaban de lo más plácidas contando que habían salido a la calle para ver cómo reventaban los azahares en la copa de los naranjos.

Padre ni se acordaba ya de las cataplasmas de belladona. El olor de los gatos había borrado de su atención todas las demás cosas. De tanto en tanto acercaba la nariz al hato de ropa y se apartaba indignado. Por fin pareció decidirse y fue a golpear a la puerta de los Alamino.

Los demás vecinos se asomaron a curiosear. Padre los despreciaba porque eran comerciantes y abogaditos de los rincones tórridos de la provincia, gente sin linaje. Pero al verse tan desarreglado en plena calle, tan expuesto a la malevolencia, se creyó obligado a dar alguna explicación. "Los turcos me han llenado la casa de gatos", dijo, sin dirigirse a nadie en particular. "Me orinan la ropa, quieren comerme los pájaros. ¿Cómo se puede vivir cerca de gente tan desconsiderada?" Los vecinos cabeceaban en señal de aprobación, no porque les molestaran los gatos sino porque también a ellos los ponía nerviosos una familia tan diferente.

Al tercer aldabonazo de Padre apareció la señora Alamino, que debía de estar ocupada en la oración: aún tenía la frente sucia de polvo y con una aureola roja. No bien empezó Padre a exponer sus quejas, la señora se asustó y no quiso oír nada más. Cerró la puerta cancel con fuerza y corrió a esconderse en el dormitorio.

Cuando ya la noche había avanzado mucho, llegaron los parientes de los árabes a consolar a la pobre mujer, que no cesaba de llorar. Se los oíacuchichear en su oscura jerga, pero era imposible adivinar los humores que se movían detrás de las palabras.

Padre se acostó vestido en la cama, y cuanto más pasaban las horas más inquietud sentía. Imaginaba que los vecinos le asaltarían la casa con alfanjes y recuas de gatos, y destruirían la jaula de los zorzales que amaba tanto. Madre dormía a su lado, desentendida, desplumando la almohada con un aguijoneo mecánico de los dedos. La Cruz del Sur se movió algunos pasos en el cielo y alcanzó las orillas de Venus. En eso cayó el silencio y, al instante, el timbre de la puerta alarmó a Padre. Eran los turcos. Vaciló antes de abrir. Pensó en pedir ayuda pero supo que no debía hacerlo: parecería un cobarde. Se calzó las botas, escondió en ellas un cuchillo de cocina y salió al zaguán.

A la puerta estaban tres viejos con grandes mostachos abrillantados, que hacían girar sus sombreros entre los dedos. Sonreían y trataban de mostrarse corteses. Llevaban tatuada en el cuello una media luna azul.

—Queremos avisarle que los Alamino se irán pronto, apenas se case Leticia —dijo el más alto— Y le rogamos que nos disculpe por las molestias que han causado nuestros gatos. Les pondremos un bozal, y sus pájaros tendrán paz.

Padre no supo qué responder. Lo descolocaban aquellos viejos tan bobos, tan sin malicia, que por todo pedían perdón. Tuvo ganas de golpearlos, de hacerlos llorar. Pero se quedó en el zaguán tomando frío, mientras los veía alejarse.

El recuerdo

ESTABA YA AMANECIENDO y me disponía a contar
el casamiento de Leticia Alamino cuando Carmona me contuvo: ¿Podrías narrar la historia en
primera persona? No podría hacerlo, dije, porque
Madre quiso siempre que yo fuera otro: la imagen
que ella tenía de mí. Lo que ahora soy no soy yo
sino mi batalla contra Madre. Soy sólo una batalla.

El tiempo pasa y yo podría morir sin cono-
cerme. Si ni siquiera Madre llegó a saber quién
era ella, ¿cómo podría saberlo yo? ¡Conocerse es
tan fácil!, solía decirme ella: se trata apenas de
una decisión. Y sin embargo, Madre murió en el
cuerpo de una extraña, respirando con otro
aliento, diciendo frases que no le pertenecían.

Casi todos los hombres se engañan sobre lo que son, dice Carmona. (Por las ventanas vemos nubes borrosas, el amanecer deja caer sobre nosotros las luces que no le caben.) Se engañan sobre lo que son y así es inevitable que engañen a los demás. Si no saben quiénes son, digo, tampoco saben que se mienten. No es así —Carmona se impacienta—: no están de acuerdo consigo mismos. ¿Cómo es posible ser alguien con el que no estás de acuerdo? Voy a darte un ejemplo: cuando releo lo que llevo escrito, no querría que lo leyera nadie más. El que está en estas páginas no soy yo, me digo. Yo podría hacerlo mucho mejor. Lo mismo piensan todos, observa Carmona. Se ponen más allá de sus límites y nunca pueden alcanzarse.

Lo que está escrito es, mal que me pese, lo que soy. El día que me quiera no habrá más que armonía.

❖

Con Padre no podría haber confusión porque Padre ha sido siempre quien fue: de una pieza. Jamás le aparecían fisuras. Y, sin embargo, es en el recuerdo donde Padre ha cambiado. Su voz era de bajo profundo, tosía mucho, y unos párpados gruesos, de anfibio, le tapiaban los ojos azules. ¿Qué hizo decir a Madre, entonces, cuando ya él había muerto: "Padre tenía la voz de un barítono ligero"? Carmona no recuerda que Padre haya tenido nunca ese registro. ¿De quién hablaba Madre: de Padre o de lo que prefería recordar? Puede que los hombres nunca sean uno: que con el tiempo sean dos, o tres.

Lo que me sorprende es que Madre, si bien jamás amó a Padre, solía despertar creyendo que lo había amado. Desplegaba sobre la cama un fajo de postales amarillas en las que se veía a Padre de pie junto a obras en construcción, con un sombrero de paja en la mano. Llevaba el pelo reluciente, peinado a la gomina, y los quevedos con montura dorada. A veces, Padre aparecía más joven aún y el fotógrafo lo sorprendía saltando cercos, a caballo. Aquéllos eran recuerdos de Madre con los que Carmona nada tenía que ver. El Padre de esas fotografías no había pasado nunca por su vida. Otras postales, en cambio, mostraban a Padre llevando a Carmona sobre los hombros, altanero aun bajo su impermeable gastado. (Carmona recordaba la tela raída, que la foto no registraba.)

Solía ocurrir también que Madre estuviese acariciando a la Brepe y se dejara ganar, de pronto, por un odio retrospectivo a Padre. Entonces sacaba de los armarios las fotos de cuando él estaba en decadencia, con los quevedos de pasta negra rasgándole la cara y bolsas de carne floja en la mandíbula. Aunque las fotos eran en colores, el semblante parecía siempre gris, como recién salido de un baño de ceniza. "¡Pobre hombre!", se compadecía Madre: no de Padre sino de sí misma. "¡Siempre fue tan poquita cosa!"

En el recuerdo nada era como había sido sino como ella quería que fuese. ¿A quién no le pasa

55

lo mismo? De las imágenes que uno deja, los demás van haciendo lo que quieren. Por eso cuando Madre dijo: "Padre tenía una voz de barítono ligero", negando su incontestable registro de bajo, Madre no mentía, y quizá tampoco mentía su recuerdo. Lo que mentía era la voz de Padre, porque ya no era de él: las brumas de lo que había sido Padre daban golpecitos cada vez más tenues a la memoria de las personas. Llegaría el momento en que hasta el sonido de su nombre no significaría nada para nadie.

Carmona mira el horizonte por la ventana. La ciudad ha comenzado a moverse: pasan escolares y mujeres que van a misa, pero los colores de las cosas no han madurado aún; no encajan por completo en los contornos. Mientras vivía, Padre siempre fue quien fue. Sólo el recuerdo lo ha cambiado. Carmona, en cambio, tardará mucho en verse de una sola manera. Pero de todos modos uno sabe quién es. ¿Sabe?, pregunto yo. Sabe, me dice. Si me voy lejos, si estoy en un exilio donde nadie me conoce, puedo mentir mi nombre o improvisar gestos que no me pertenecen. Por un momento, viviré entre los que no me conocen con la ilusión de que soy otro. ¿Pero qué haré conmigo, sabiendo quién de veras soy? ¿Podré seguir entonces siendo yo, aunque un poquito menos? Es que no te has mirado, Carmona, digo. Tus actos son una antología de actos ajenos: cada uno de tus actos es una respuesta a los deseos de Madre, el eco de actos que no son tuyos.

¡Si supieras cuánto esfuerzo he gastado en alcanzar cosas que no me incumben!, dice Carmona: en ser lo que Madre quería que fuese. Equivoqué el camino. Debí esforzarme en ser nadie. A ella le hubiera gustado más.

No te preocupés, digo. Yo también me equivoco. Se me mueve tan rápido el ser que, cuando quiero decir algo, ya estoy diciéndolo de otra manera. Ayer te hubiera dicho las mismas cosas pero no con estas palabras ni en este orden. Te hubiera dicho, entonces, otra cosa. Ayer, mi historia no habría sido igual. ¿Lo sabías? Lo sabré, dice Carmona: lo sabré si me dejas que sea lo que soy.

Ha llegado el otoño y se suceden las tormentas. En el lodo de los caminos se atascan las carretas de las familias golondrina, que vienen del norte a desbrozar la caña de azúcar en las fincas y, cuando pasa la estación, se van. Viajan siguiendo el rumbo del calor, como las golondrinas: de allí les viene el nombre. Alcanzadas por las centellas, algunas carretas resbalan por la grava de las laderas y el querosén de sus faroles incendia los bosques. El fuego se refleja en las cúpulas de la ciudad. Es como si la ciudad se hubiera echado el sol a las espaldas y caminara.

Tener una familia

Como siempre, las imágenes de las historias se me adelantan. Los primeros resentimientos de Madre tendrían que haber pasado por aquí hace rato, y los he dejado ir. Son tantos que, cuando los recuerdo, no sé dónde ponerlos. A Madre le costó mucho perdonar que Padre, mientras estaban de novios, fuera a revolcarse con las sirvientas en los bailes en vez de quedarse conversando con los futuros suegros y dándose a conocer un poco más.

Padre hubiera preferido acostarse con ella antes del casamiento. Hacía ya tiempo que deseaba hacer el amor con una mujer de su clase. Aún no le había sucedido: sólo con putas y con sirvientas. Sentía curiosidad por saber cómo era el deseo de las mujeres que consideraba normales. Pero Madre nunca lo deseó: ni siquiera cuando aceptó casarse. Pasaba el día bordando sábanas y cosiendo camisones de organdí con moños de seda en el pecho y vestidos surcados de pliegues, con las mangas abullonadas: su ajuar de novia. Llegaba Padre a verla, y sentado a sus espaldas, en el confidente, le narraba los azares de las cosechas y las lidias con los peones. Madre fingía deslumbrarse, para que Padre se decidiera de una vez a besarla, lo que equivalía a fijar la fecha del matrimonio. Cuando por fin lo hizo resultó un fiasco. Le pidió permiso y apenas le acercó los labios a la frente. Padre estaba lleno de pasión, pero temía que Madre reaccionara mal si descubría que su ímpetu era tan grande. No mostró su pasión entonces y, como suele suceder, no se atrevió a mostrarla nunca más.

Pasamos la luna de miel en blanco, solía contar Madre a las visitas: Padre tuvo dolor de muelas desde que llegamos al hotel. Tardó días en calmarse. Ah no, fue apenas un momento, decía Padre: sentí unas puntadas feroces en la muela pero al rato me alivié. Lo de Madre fue peor. Me dio unas aspirinas y se encerró en el baño. No pude sacarla en toda la noche ni a la mañana siguiente. Debí usar el baño del pasillo para mis menesteres. Cada tanto, ella me preguntaba desde adentro: ¿Y? ¿Te duele la muela todavía? Yo le contestaba: Ya no, ahora me siento bien, podés salir. Pero Madre insistía: No te creo. La muela sigue doliéndote, seguro. Cuando te crea voy a salir. Padre debía dejarle la comida en la puerta del baño para que ella no se consumiera de hambre. Pero en cuanto llegaron a casa Madre fue otra persona.

En su encierro del baño había tenido tiempo para pensar. Sólo estaré casada cuando tenga un hijo. Habré cumplido entonces con mi obligación y Padre me dejará tranquila.

Como no quería asustarla, Padre ocultaba sus frenéticos deseos y se mostraba parco. Ella, en cambio, que sentía más bien repugnancia por el sexo, trataba de que él le hiciera el amor continuamente, para preñarse de una buena vez. Vaya a saber cuánto duró aquel malentendido. Madre lo acosaba con tal entusiasmo que Padre pensaba: Me ama. Me haré desear hasta que el deseo la canse. Y ella, por su parte, ansiaba que cada encuentro fuera el último.

Cada vez que se disponían al amor, Padre pasaba largo rato mirándola. Dejaba a un lado los quevedos, en la mesa de luz, y a tientas recorría el vientre rígido de Madre, los muslos tensos y los senos estrechos. No aventuraba Padre más que la mirada: los ojitos azules y miopes. El olor de Madre subía hacia él y se quedaba prendido a los estambres de su memoria. A veces, arriesgándose, trataba de besarla. Inexorablemente Madre lo disuadía: ¿Para qué me besás? No perdamos el tiempo. Vos sólo hacé lo que tenés que hacer. Pero apenas Padre se saciaba, sin conseguir saciarla (Madre nunca le dijo: Ya estoy saciada. Decía: No me toqués. O bien: Quiero de nuevo, vamos. Quiero hacerlo de nuevo), apenas el amor se desprendía de sus cuerpos, ella quedaba con un sentimiento de vacío. Es como si nada hubiéramos hecho, pensaba. Por mucho que él se esfuerce, su semilla no prende. ¿Será que tiene el agua demasiado floja: leche aguada? Y sin embargo, decía Madre, ahora que hemos empezado ya no podemos volver atrás. La impaciencia por quedar preñada le consumía los nervios. Padre se ahogaba, extenuado, confundía la impaciencia con deseo. Amaba a Madre y sin embargo, en esas primeras semanas de matrimonio, no sabía de qué hablar con ella. Despertá, vamos, le decía Madre: hagámoslo de nuevo. Padre trataba de calmarla: Mañana. ¿Por qué no esperamos a mañana? No puedo ahora. Me has secado. Sos insaciable, sos maravillosa, pero no puedo más. Madre no entendía: estaba demasiado pendiente de su apremio. Sentía que el cuerpo, tanto tiempo frío, se le desperezaba, como si hubiera entrado en una estación termal. Mi cuerpo, ahora —se decía Madre—, tiene la temperatura justa de la fertilidad. Si dejo pasar el momento, puede que nunca vuelva. Y atrayendo hacia sí la cabeza de Padre, reclamaba: Acercáte, hay que hacerlo otra vez.

Una mañana sintió por fin las náuseas del embarazo: el hijo ya estaba adentro. Desde que la partera le quitó las últimas dudas, no permitió que Padre volviese a tocarla.

Tiempo después, Padre la tomó por descuido (entró furtivamente en ella cuando la vio dormida, tal como ella había entrado en él para

concebir a Carmona), y así nacieron las gemelas.
Madre lo hizo otras pocas veces, por deber: se
abría mecánicamente a la sed de Padre, pero no
le daba nada de sí, más que un sucinto goce: lo
que él tardaba en llenarla. La vez de las gemelas,
Madre estaba postrada por una piedra atroz
que le bajaba de los riñones. Sentía el áspero
descenso de la piedra por los capilares, y el
roce la desgarraba. Hubo un momento en que
el dolor se apagó, y ella, rendida, pudo dormir
al fin. Al verla descansando, inofensiva, Padre
sintió deseos de penetrarla. La tomó por los
hombros, la dio vuelta, y sin ningún escrúpulo
se la metió. Madre trató de resistirse, pero la
piedra que bajaba le había quitado fuerza. Atinó
apenas a mover sus pensamientos lejos de allí,
mientras el cuerpo sudaba. Las gemelas brotaron de aquella lava. Eran el mal recuerdo de
Madre, y a ella nunca le interesaron las gemelas
ni aun como eso: como una desolladura del recuerdo.

Cuando nació Carmona hizo esfuerzos por
amamantarlo. Pensaba: Si lo amamanto tendrá
una hermosa voz, como el hijo de la señora Ikeda.
Pero los pezones se le agrietaron en seguida y una
leche traslúcida le brotó por los poros equivocados. Madre trató de que Carmona aprendiese
a lamerla: acercaba la boca desdentada y ansiosa
del niño hacia los pechos heridos, y cuanto más
lo apretaba contra sí, tanto más fuerte Carmona
echaba la cabeza hacia atrás y la atormentaba con
sus gritos.

Como el niño se consumía, Padre salió a buscar una nodriza por los ingenios azucareros. Le recomendaron mujeres fornidas y de leche áspera como la de las yeguas, pero las rechazó porque la leche de yegua servía para los mongoles y los guerreros, no para criar a un niño cantor. La que eligió se llamaba Petrona. Era escuálida y de cara alargada como un ratón, pero la naturaleza la había beneficiado con unos pezones ínfimos como semillas de uva. Madre estaba tan encantada con Petrona que mandó traer del campo a su propia nodriza para que le examinara los pechos y dijese a qué le recordaban. La nodriza estuvo toda una tarde mirándolos, y al final habló al oído de Madre, como si le confiara un secreto: "La única vez que vi pezones como éstos fue en las montañas amarillas".

Madre quedó tan aliviada por los servicios de Petrona que pasaba el día leyendo novelas. Durante la mañana tomaba un baño, se humedecía la piel con aceites y cremas, y luego de almorzar se sumergía en historias donde imperaba el azar y los personajes entraban y salían cuando les daba la gana. De un tirón leyó las desventuras de Alvar Núñez Cabeza de Vaca en los manglares de la Florida y los páramos de Texas, se desveló con los enredos de alcoba del *Decamerón* y envejeció con Bernal Díaz del Castillo en las hogueras ensangrentadas de Tenochtitlán. Padre adulaba su afición por la lectura comprándole las novelas de amor de Stendhal y de Flaubert, pero Madre las abandonaba en las primeras páginas porque se aburría con las historias sin cabos sueltos, en las que nada se parecía a las imprevisiones de la vida.

Tener una familia hizo que Madre se sintiera hermosa. Organizaba saraos sin música en los que cada invitado debía mostrar una habilidad inalcanzable para los demás. Las mujeres llevaban la conversación mientras los maridos permanecían de pie, como adornos desconcertados, ocupándose cada tanto de servir un jarabe de vino suave con hojas de canela. Aunque se hablaba siempre de lo mismo, los temas cambiaban con las estaciones y nadie quería permanecer fuera de lo que iba decidiendo el tiempo. Primavera y otoño eran las enfermedades. Las señoras solían cifrar su felicidad en dolorosos cálculos de vesícula o en matrices vaciadas con saña. Contaban entusiasmadas los detalles quirúrgicos más atroces hasta que alguien las interrumpía: "¿Y usted por qué se atormentó así? Ahora se han descubierto remedios milagrosos para esos males". Verano era el mar, las ciudades inalcanzables del mundo, las montañas amarillas. Invierno era Karakorum en Mongolia y Ormuz en el golfo Pérsico, eran las ruinas de Nínive y los templos enterrados de Murzuk: las visiones que aparecían en los sueños.

Madre era una de las pocas que conocía las montañas amarillas, y solía describirlas con tanta admiración que terminaba por gastar la intensidad del paisaje. Nadie había entrado en las montañas desde que los aludes destrozaron las veredas de piedra, y la gente pensaba en ellas como si pertenecieran al pasado y fueran algo a lo que ya no se podía volver. Cada tanto, los gobernadores prometían construir un nuevo camino, pero las obras avanzaban siempre hasta un mismo punto, en el antiguo curso del río, y allí quedaban abandonadas.

Tuviese o no dinero, Madre se desentendía de los niños. Sólo se dedicaba a leer novelas y a escribir listas de invitados para los saraos, en las que de continuo ponía y sacaba nombres. Temía que tal o cual amiga se ofendiera si la excluía —y a veces tenía que hacerlo, no por mala voluntad sino porque no había cómo sentar a más de veinte personas en la casa—, y se afligía imaginando que a sus espaldas se hablaba mal de ella por no retribuir a tiempo las invitaciones. El afán por quedar bien ocupaba la mayor parte de sus pensamientos. Se deprimía tanto cuando no la tomaban en cuenta para alguna fiesta de importancia que pasaba el día entero en cama, con paños fríos en la cabeza. Nadie podía entonces hacer el más leve ruido: bastaba que alguien levantara la voz para que a Madre se le astillaran los nervios.

Al casarse, Padre cobraba una renta holgada por el arriendo de sus fincas a los ingenios de azúcar. La bonanza terminó cuando los ingenios reclamaron el pago de unas deudas ilusorias y se apoderaron de las tierras. Padre acudió a unos abogados que lo encenagaron del todo, y cuando nacieron las gemelas estaba tan quebrado que ni aun trabajando los domingos quedaba en paz con la adversidad.

En el afán por disimular la pobreza, Madre se entregó a una desenfrenada vida social. Como ya no la invitaban tan seguido a los saraos, se presentaba en todos los velorios de buen tono, donde no se notaban tanto las diferencias de fortuna y era posible mantenerse al día con las últimas historias de noviazgos y enfermedades.

Fue en aquella época tan desdichada cuando la señora Doncella perdió a su esposo en un accidente de caza. La señora había sido el modelo inalcanzable de las amigas de Madre, un compendio absoluto de belleza y finura, a tal punto que cuando les preguntaban: "¿Como quién les gustaría ser: como Greta Garbo, como Rita Hayworth o como Doncella?", todas elegían a Doncella sin vacilar. Con los años, la admiración se había ido convirtiendo en envidia. Madre quería parecerse en todo a la señora Doncella, hasta en lo prematuro de la viudez.

La visita de pésame fue uno de los primeros recuerdos de Carmona. Tendría cuatro años a lo sumo y Madre lo había vestido para la ocasión con una camisa blanca, de cuello grande y almidonado. La casa de la señora Doncella estaba llena de sombras que se afanaban entre bandejas de café y coronas de flores. La llama oscilante de los velones hacía que los objetos se estremecieran, como si también ellos fueran a morir. Al acercarse a la capilla ardiente, Carmona distinguió un enorme cuerpo violáceo que yacía sobre una tarima.

La bala había entrado por la garganta del difunto, destrozando tantas arterias y músculos que, si bien el orificio quedaba disimulado por una venda de seda, la cara, llena de hematomas, era una imagen de pesadilla. Sin dar la menor muestra de repugnancia, Madre besó al cadáver en la frente y luego, alzando en brazos a Carmona, le ordenó que lo besara él también. El niño se resistió. "¡No quiero, Madre! ¡No quiero!" Los forcejeos y el llanto hicieron cesar las conversaciones. Todas las tazas de café se detuvieron a la vez. Madre adivinó la mirada reprobadora de la señora Doncella, que venía a clavársele en algún lugar ya lastimado de su orgullo.

—¡Tenés que ser más educado! —ordenó Madre, hablándole al oído.

Inmovilizó los brazos de Carmona y lo empujó con fuerza hacia la cara del difunto. Años después, al evocar la escena, Carmona diría que había tenido miedo de mancharse la camisa con los hilitos de sangre que festoneaban la venda de seda, pero no era verdad. Lo que seguía aferrado a su recuerdo era el aura de frío que exhalaba el cadáver: la crisálida de otro mundo que sus labios habían alcanzado a rozar. Llevaba impresa con tanta intensidad esa primera imagen que aun después de que Madre muriera, cuando los gatos lo privaron del sentido del tacto y perdió toda noción de lo frío y de lo áspero, aun entonces, la vehemencia con que Madre lo había obligado a besar la frente del difunto seguía lastimándole la memoria y haciéndolo sollozar por dentro.

❖

Todos los saraos de Madre comenzaban temprano. Llegaban las visitas a eso de las siete, en coches de plaza y en voiturettes descapotadas, y no se marchaban sino a las diez, luego de arrasar con las empanadas de hojaldre y los buñuelos de miel que Madre preparaba en el sigilo de la siesta, de espaldas a los borborigmos ávidos de Carmona y al lloriqueo de las gemelas. ¿Les parece que vendrán todos hoy: no nos harán a menos?, se inquietaba Madre cuando la hora se acercaba y no se oía motor alguno en los alrededores. Si era verano y el sol tardaba en ocultarse, Madre se quedaba mirándolo desde la reja que daba al jardín del fondo con ojos tan amenazadores que el sol se precipitaba de una vez en la raya del horizonte. Nadie llegaba antes de oscurecer: un vapor malsano brotaba del asfalto y los pájaros caían de los árboles ralos, desmayados por la insolación. En primavera, en cambio, las visitas aparecían con la luz aún alta, luciendo los primeros vestidos blancos con volados y las capelinas de paja de las que colgaban cintas de colores.

Cuando los invitados eran los de siempre, Madre se distendía y hasta se daba el lujo de enriquecer con versos de la peor calaña los lugares comunes de la conversación. Su memoria era un asombroso depósito de ripios y cacofonías. Pero si entre los visitantes figuraba la señora Doncella, Madre se trastornaba: ninguna delicadeza de su cocina le parecía atinada y no sabía cómo hacer para hablar con ella de novelas y no de óperas. La versación de la señora Doncella en óperas italianas no admitía rival en la ciudad, y desde que había decidido tomar en sus manos las riendas de la Sociedad Filarmónica convocaba a los grandes tenores y sopranos jubilados para que exhalaran sus cantos de cisne. Como era jactanciosa, solía interrumpir hasta los diálogos más apasionantes sobre enfermedades o adulterios con algún comentario fuera de lugar sobre barítonos de moda o recitativos que ya no se cantaban. Cierta vez provocó a Madre preguntándole cuál de las versiones de Maria Callas en el aria *O patria mia* le gustaba más: si la de 1949, cuando la Divina era una gorda de noventa kilos, o la de 1955 en La Scala de Milán, después de perder la voz. Madre no conocía ninguna, pero logró salir del paso con soltura: "Soy un poco arbitraria con las sopranos", dijo. "La única que me gusta es Renata Tebaldi". Desde entonces, la señora Doncella le cobró respeto.

Cierta mañana, en vísperas de un sarao, Madre abrió el horno para cocinar unos pasteles de hojaldre: los goznes de la puerta chirriaron y el agudo sonido metálico siguió vibrando largo tiempo, aun después de cerrar el horno. No era el gozne, advirtió Madre, sino una extraña voz humana que se elevaba hasta el do de las sopranos y lo sostenía en las alturas, sin desafinar: la misma que había oído en las montañas amarillas. Aguardó a que la voz regresara, y como nada ocurría, abrió de nuevo la puerta del horno por si el azar establecía una caprichosa relación entre los dos sonidos. No se equivocó. A la vibración del gozne sucedió otra vez un do prolongado. Madre siguió por todo el patio la estela tenue que iba dejando la voz, hasta que llegó a los dormitorios. Vio a Carmona jugando con unos pájaros de madera; a su lado, las gemelas desvestían a las muñecas. La voz estaba allí, pero no parecía brotar de ninguna garganta: se deslizaba sola en el aliento de Carmona y luego, tomando impulso, invadía todo el cuarto. Fluía de un puntito entre los labios del niño y aun cuando no se la oyera en otra parte seguía vibrando allí durante mucho tiempo: todos los ángeles del paraíso se ponían a volar en ese mínimo cielo oscuro.

En lo primero que pensó Madre fue en la maravillosa oportunidad que se le presentaba de impresionar a la señora Doncella. Ni corta ni perezosa la invitó para el siguiente sarao. La señora llevaba sólo seis meses de luto y, aunque no se perdía concierto de la Filarmónica, se movía poco en sociedad. A Madre le costó convencerla, pero lo consiguió al fin con una descripción insuperable de la voz. "Es como en el Dante", le dijo (el Dante era el poeta favorito de la señora): *"l'Amor che move il sole e l'altre stelle"*.

Nunca Madre esperó un sarao con tanta impaciencia. Durante la semana se mantuvo a distancia de la voz, pero la oía fluir: cada vez más dueña de sí, arisca, como una llaga de la luz. Bastaría que Doncella la sintiera cuando la voz estaba en retirada, plegándose sobre sí misma, para que no pudiera ya pensar en otra cosa. Acaso hasta dudara de lo que oía. Madre misma, en las montañas amarillas, había tardado en resignarse a la evidencia de una voz como ésa. Y ahora, ¡cuánta excitación sentía! A Padre, en cambio, todo le daba lo mismo. Desde que era un hombre casado ya nada lo impresionaba.

Llegó por fin el día. Aún con el sol arriba, cuando faltaban horas para que aparecieran los invitados, Madre vistió a Carmona con la blusa blanca de cuello almidonado que era el uniforme de las grandes ocasiones, y lo puso a jugar con los pájaros de madera en el cuarto de las gemelas. Quería que todo estuviera igual a cuando oyó la voz por primera vez. Y en verdad la voz brotó en una o dos ocasiones por sí sola, sin que fuera necesario abrir el horno y alentar el canto con el chirrido de los goznes.

El calor se iba tornando más brioso cuanto más avanzaba la tarde. Un relente de tormenta agrietó el cielo. Carmona se cobijó de la sofocación en el fresco de los mosaicos, entre las camas de las gemelas, y allí se fue adormeciendo, lejos de los pájaros de madera. Al cabo de un rato, sintió el perfume a rosas de la señora Doncella y el trajín de las conversaciones. Madre se paseaba inquieta, con un vestido blanco de broderie y una rosa roja de tela junto al escote. Se la oía hablar sin ton ni son. Decía frases inútiles como: "Al calor tórrido del verano sucede la temperatura dulce del otoño". Nadie le hacía caso. Las gemelas dormían sobre un hato de muñecas desvestidas. Carmona oyó piar a los zorzales afuera; después, lo desconcertó un trueno. En un momento dado sintió un amago de brisa y también él se durmió.

Lo despertó la voz alterada de Madre. Vio el tumulto de los invitados al otro lado del cuarto, congeladas las facciones en una sonrisa boba, y por primera vez oyó a la imperiosa señora Doncella: "¿A ver, niño: dónde está esa vocecita prodigiosa?" Obediente, Carmona puso el sueño a un lado y sopló, para que le saliera la voz. Pero la voz no se dejaba manejar. Le molestaba que la estuviesen mirando. "Andá a lavarte la cara", le ordenó Madre. Las gemelas se asustaron y rompieron a llorar. Padre se las llevó del cuarto mientras Carmona se mojaba los ojos con el agua indecisa de la canilla, que salía fresca o hirviendo, sin razón. Cuando volvió, Madre puso a su alcance los pájaros de madera. "No me hagás quedar mal con las visitas", le dijo. "Cantá una sola vez y te dejaremos tranquilo". Carmona entreabrió los labios y dibujó el minúsculo foso negro donde la voz anidaba, pero por más que sopló y sopló, la voz no vino. "Sos un caprichoso", le dijo Madre, "te gusta verme sufrir". Algo brotó por fin, pero no la voz sino un chillido innoble, penetrante, como el de los goznes del horno.

La señora Doncella se retiró casi en seguida, y Madre pasó el resto de la velada en tal estado de humillación que no abrió la boca. Para no cargar con sus reproches, Padre llevó al patio una hamaca de mimbre y, con el pretexto de cuidar a las gemelas, las meció durante horas, en silencio.

Carmona se refugió en su cama, sin poder dormir. Esperaba que Madre apareciera en cualquier momento y lo aplastara con el peso de su odio. No bien Madre viniera, se pondría de rodillas y le pediría perdón. Tal vez Madre dijese: "¿De qué te voy a perdonar, Carmona? ¿Acaso tenés la culpa de que la voz no te haya obedecido?" Pero Madre no vino. Carmona sintió que la ofensa de Madre lo seguiría esperando a lo largo de todo el futuro y que se le pondría por delante de cualquier cosa que hiciera.

La voz

LA SEÑORA DONCELLA NO ERA TODAVÍA un personaje tan decisivo en la vida de Carmona como lo sería muchos años después, cuando Madre ya estaba muerta. Siempre fue de una belleza extraña, sin edad. Al enviudar tendría veinticinco años, tal vez un poco menos: ya imponía, sin embargo, el respeto de una matrona. Cuarenta años después se la veía más joven. Las desventuras pasaban a su lado sin tocarla, como si no la reconocieran. Aun ahora, cuando ya todo ha terminado, sigue pareciéndose a la madona rubia que Paul Delvaux pintaba con tanta insistencia en la vejez: la que aparece desnuda en uno de sus mejores óleos, *El sillón azul,* y que sin duda es la misma de *El jardín,* donde se la ve sentada en un sofá de terciopelo, con los pechos al aire y el pubis desafiante, tocada con una capelina como las de Madre; es fácil ver que Delvaux la amaba mucho. La señora tenía el pelo lacio y largo, más dorado cuanto más cerca estaba de las raíces; los grandes ojos negros de párpados pesados, el mentón corto, infantil, que disimulaba su fuerza de carácter, y unos senos de adolescente, abiertos en ángulo obtuso, que ella disimulaba con espléndidas gargantillas de oro precolombino. En nada se asemejaban los pies, sin embargo: los de la modelo de Paul Delvaux se ven rústicos y palmeados; la señora Doncella, en cambio, lucía unos botines largos y finos como lenguas de gato. Olía siempre a rosas frescas y, aunque por su apariencia hiciera en todo justicia al nombre de Doncella, cuando hablaba era siempre tajante, imperativa, irresistible. No conozco a nadie que se hubiera negado a cualquiera de sus deseos. Salvo, tal vez, Carmona, aquella tarde en que no le brotó la voz. ¿Pero querría la señora oírlo en esa ocasión, o prefería más bien esperar hasta tener la voz para ella sola, como en verdad sucedió, tiempo después?

❖

Carmona aprendió a reconocer las letras en las vidrieras de las jugueterías y en los envoltorios de los caramelos, y se entretenía barajando los sonidos en alta voz: don, la, mo. No pasaba de ahí. Sabía leer cuatro consonantes y tres vocales, pero sus manos carecían de destreza y era incapaz hasta de dibujar un redondel. Un día se acercó a Madre con un lápiz y un cuaderno y le rogó que lo mandase a la escuela. Madre se opuso: "Ni lo soñés. Primero tenés que aprender a dominar la voz".

Había en la casa un viejo fonógrafo de bocina salvado de los montepíos. Madre lo desempolvó y le cambió la púa. Cada tanto hacía escuchar a Carmona los prodigios de Elvira de Hidalgo interpretando a la Reina de la Noche y los trinos de Lily Pons en la escena de la locura de *Lucía de Lammermoor*. Ponía las arias dos o tres veces y se retiraba, con la esperanza de que Carmona, a solas con la voz, repitiera los sonidos sin equivocarse. Madre sentía que su cuerpo volvía entonces a la juventud, en las montañas amarillas, y se hacía la ilusión, por un momento, de que no había malgastado la vida. Pero vaya si la habías malgastado, Madre. La vida que llevabas era de lástima. Me tenías sólo a mí, y para lo único que yo te servía era para cantar.

Cada vez que terminaba una lección, Carmona insistía: "¿Y ahora por qué no aprendemos a leer?" Madre invariablemente le contestaba: "Porque cuando aprendás a leer ya no te interesará cantar". Una tarde, como premio por haber sostenido largamente uno de los do agudos de la Reina de la Noche, Madre le preguntó cuáles eran las letras que sabía. Escribieron siete en un pizarrón y jugaron a inventar palabras con ellas. Al principio, Madre componía frases sin sentido, acompañándolas con melodías improvisadas: "Mo no de la/ da la namo". Carmona seguía: "No del ama/le da mona". Luego introducían nuevas cadencias e invertían las sílabas para convertirlas en fugas y contrapuntos. Tantas vueltas dieron que Madre tropezó, por azar, con las palabras que las luciérnagas habían dibujado la noche de su visita a las montañas amarillas.

—A ver, Carmona: ¿qué dicen estas letras?

Carmona reconocía los signos pero no sabía cómo agruparlos en sonidos.

—A mo a mo la ma no del a mo —silabeó Madre.

—Sí —agradeció Carmona—: mano del amo. ¡Qué bonito!

—¿Ves? —dijo Madre—. Ahora cambiá las letras de lugar.

Carmona dibujó una ele.

—Lamo la mano del amo —leyó Madre—. No está nada mal.

El niño se sintió tan orgulloso que le echó los brazos al cuello y le dijo, sin pensar:

—¡Te quiero tanto, Madrecita! —Nunca la había llamado así: sólo al soñar con ella usaba esa palabra.

Molesta, Madre se desprendió:

—¡Qué ordinario sos, Carmona! No parece que fueras hijo mío.

En el reverso de las planillas de cálculos que Padre desechaba, Carmona escribía los sonidos recién aprendidos, desplazándolos de un lado a otro maliciosamente. Cuando una sílaba se mo-

vía, el conjunto entero cambiaba de significado:
"La dama me lame el ano/ El ano anda en la
mala/ El amo mama la nada". Y escondía los papeles, para que Madre no los viera.

❖

Cuando arreció la pobreza, Madre tuvo que ir
a enseñar el abecedario en las escuelas. Las mujeres jamás habían trabajado en su familia, y a ella
se le clavó tan hondo el estigma de la humillación
que si alguna visita le preguntaba aviesamente
por qué pasaba tanto tiempo fuera de la casa,
Madre respondía: "Salgo a enseñar, pero lo hago
por penitencia y por caridad".

Si no fuera porque trabajar le parecía una des-
honra, habría enseñado toda la vida. Ser maestra
le permitía explicar su amor por la bandera, el
himno nacional, el sable corvo que lucían los generales: lo que representara la ley y el orden.
Cuando se trataba de la patria, no admitía sino
afirmaciones. Todos los hombres eran heroicos,
todos los paisajes eran maravillosos, todos los go-
biernos eran puros. Disfrutaba enseñando a de-
letrear el alfabeto con las últimas palabras de los
próceres y a recitar poesías que glorificaban las
derrotas como ejemplos de la santidad nacional.
Madre lucía su patriotismo como un signo de
casta. Ser patriota significaba que si aquí he nacido es porque no quise nacer en otra parte, los
huesos de mis antepasados yacen en torno de mí,
ya no tengo memoria del día en que mi sangre y

este lugar empezaron a pertenecerse mutuamente.

Un lunes de noviembre, cuando las clases estaban ya por terminar, vistió a Carmona de punta en blanco y lo llevó consigo a la escuela. "Ya sabés suficientes letras como para ser mi alumno", le dijo. Insistió en que debía tratarla de usted delante de las otras maestras y llamarla señorita, como si fuera una extraña. Tampoco Carmona la podía ver como a su madre en aquellos cuartos tan diferentes a los de su casa, entre niños que recelaban de él y no se le acercaban. Él mismo, a veces, no se reconocía: era como si su cuerpo anduviese por un lado y él por otro. Madre le pedía que cantara y no le salía la voz. "Todo esto pasa porque has aprendido a leer". Pero Carmona sabía.que no era por eso. Algunas noches soñaba con campos de luciérnagas y lunas que se movían a toda velocidad de un extremo a otro del cielo, y entonces le brotaba en el sueño una sola nota muy aguda, que se quedaba pegada a los berros, en socavones que no se veían. La voz seguía dentro del cuerpo, pero el cuerpo siempre estaba en otras partes, a las que él nunca llegaba.

❖

Las desventuras de la familia no duraron mucho. Cambió el gobierno de la provincia y Padre se valió de las nuevas influencias para que los ingenios le devolvieran algunas fincas. La casa volvió a ser la de antes. Madre tomó una sirvienta para el planchado y otra para la limpieza. Los domingos iban varias mujeronas a cocinar fuentes de puchero y a preparar guisos para toda la semana, que atesoraban en cacerolas de hierro.

Debieron improvisar una pieza de chapas junto a los piletones del lavadero para acomodar a las sirvientas. A veces, aprovechando el ajetreo de la cocina, Carmona se ocultaba allí y les hurgaba los enseres íntimos: aspiraba el perfume fuerte de los calzones y palpaba con delicadeza la huella negra de los pies en las chancletas que ellas usaban en las horas de desaliño: las inasibles señales de cuerpos que allí se erguían, sin dejarse ver, más verdaderos aún que en la cocina.

Una siesta, cuando las sirvientas oían entretenidas los novelones radiales en el comedor de diario, Carmona vio a uno de los gatos de los Alamino reptando hacia unas minúsculas zapatillas azules, que apestaban con la fuerza de mil pies. El gato se entretuvo reconociéndolas con las pezuñas durante algunos minutos y luego las lamió con voracidad. Era un gato negro, con una raya rubia en las ancas: al verlo hundir el hocico, Carmona tuvo la sensación de que una de las sirvientas brotaba de la zapatilla y agitaba la cola. Sintió el súbito deseo de lamer él también. Se agachó y apartó al gato. Al hundir la lengua, lo inundó un calor desconocido, y el cuerpo al que pertenecían las zapatillas le ocupó los sentidos. Una y otra vez lamió los recuerdos que daban vueltas por allí, lamió los pasos que la sirvienta no había dado aún. Lamió, lamió, con la fruición del gato.

❖

Madre llevaba ya varios meses postrada en la cama cuando le dijo: "En cuanto te descuidés, Carmona, los gatos te matarán". Un presentimiento era una manada de gatos surcando la noche; la noche era una pezuña enloquecida que seguía escarbando en los ardores del cuerpo. Un presentimiento era el ojillo alerta de los gatos, que no lo dejaba dormir.

Padre había muerto. Lo encontraron una mañana sobre las losas de una galería en construcción, azules los labios, el corazón destruido. El hematoma del infarto le amorataba el pecho. Quién sabe desde cuándo yacía allí, al sereno. Las moscas habían comenzado a cubrirlo, pero los gatos, al pasar, las espantaban con la cola. A veces, se acercaban al cuerpo y le clavaban las uñas. Tarde o temprano, los gatos se lo llevarían. "A vos también, Carmona", le recordaba Madre. "Cuando vengan a buscarte ya no tendrás escapatoria".

A la semana siguiente, una tribu de gatos ocupó la casa. Madre dormía con dos o tres por temporada, cubriéndolos con sus sábanas y permitiéndoles que se le arrebujaran bajo el camisón. La primera de sus protegidas fue la Brepe. A los otros solía vérselos por la cocina, penetrándose junto a la lumbre. Llevaban la desvergüenza por todas partes y Madre, tan pudorosa con las personas, les consentía cualquier cosa.

Para sus alardes nupciales las gatas hembras preferían el amanecer: aunque las atormentara el deseo fingían desdén, ocultaban y ofrendaban a la vez las tetitas candentes y, cuando por fin cedían, las vergas lanceoladas de los machos les desgarraban la vagina. Del sufrimiento les venía el goce. Avanzaban más allá del dolor, sin tenerse lástima. ¿Qué habría del otro lado, cuando se cruzaba el límite? Qué: Carmona no lo sabía. Cada vez que algún deseo despuntaba en él, Madre se lo apagaba.

Aun en aquellos meses de postración, la salud de Madre parecía invencible. Ciertos días se levantaba temprano, regaba las plantas y, meciéndose en una hamaca de mimbre, al reparo del sol, leía las visiones de Swedenborg en el paraíso. El horizonte estaba siempre amarillo, por el resplandor de las montañas. Madre hablaba con nostalgia de los cráteres de agua que había visitado cuando estaba de novia, pero no quería volver a verlos. "¿Y si ya no se parecen a los de antes?", decía. "Nada es tan triste como decepcionarse de un recuerdo". Lo que más temía, sin embargo, era que todo siguiera igual.

—Vayamos aunque sólo sea hasta el pie de la falda —proponía Carmona—. Tomar aire te hará bien.

—El aire es el mismo en todas partes —contestaba Madre—. ¿Querés que salga para que me muera más rápido? No te voy a dar el gusto.

Y si Carmona, sofocado, se alejaba de ella por un instante, Madre lo llenaba de reproches:

—Siempre me dejás sola —le decía—. No te importa nada de mí. —Se quedaba mirándolo con ira, dilatadas las aletas de la nariz.

—Yo te quiero, Madre —repetía Carmona desde lejos, tratando de aplacarla. Pero ella lo rechazaba:

—¿Y eso de qué me sirve?

Pasaban juntos la mayor parte del tiempo y, sin embargo, no bien se quedaba solo, a Carmona le costaba recordar cómo era ella. Sólo el perfil cada vez más delgado y el delta de estrías sobre los labios copiaban en la memoria el lejano dibujo de la realidad. Una noche, al retirarle la bandeja de comida, la descubrió besándose con uno de los gatos en la boca: ella le lamía el hocico y el gato, ávido, metía la lengua entre sus labios.

Carmona hizo como que no veía y preguntó:

—¿Necesitás otra cosa?

—Sí —dijo ella—. Que te vayás y no aparezcas más.

Las gemelas, atareadas con los maridos, sólo la visitaban de vez en cuando. "¿Por qué no tomás una sirvienta?", aconsejaban al hermano. "Madre no las tolera", respondía él. "Se queja de que le roban los centavos, las amenaza con cuchillos y las encierra en el baño con llave. Hasta las más curtidas se van al día siguiente. No le gusta que nadie la atienda sino yo". Madre quería que Carmona estuviera siempre a su alcance, pendiente de sus órdenes, pero a la vez tenía miedo de que él la matara. Se lo decía una y otra vez: "¿Para qué seguís esperando? Ya que vas a matarme, matáme ahora". Él no sabía cómo hacer para apartarle la idea de la cabeza. "Lo que pasa es que no te animás", insistía Madre. "Sabés que cuando te descuides, los gatos te lo harán pagar caro".

Una tarde la dejó dormida y fue a ver *Hiroshima mon amour*. La película describía una ciudad blanca, o quizás sólo la desolación de la blancura. Se veían los pasillos infinitos de un hospital, los enfermos, las escaleras, y un río de muertos a través de las ventanas. Llovían cenizas y ramas carbonizadas. En medio de las ruinas una pareja solitaria se amaba. Hasta ese momento, Carmona no había pensado en Madre. Pero vio las imágenes del mundo huérfano y la extrañó. ¿Quién era él, sin Madre?

(Madre era un reproche que le oprimía la garganta y lo volvía niño: con movimientos diestros lo empujaba hacia dentro de los ataúdes para que besara la frente de los difuntos, y así era el fin. Madre era un vacío que lo llamaba, el vientre ceñido de seda negra, el plasma tibio, la ternura: el principio. Hiroshima era Madre.)

En la película, los cuerpos desnudos de la pareja se entrelazaban: zumos, papilas, grutas. Del roce de los cuerpos subían vapores: la mirada caminaba a veces sobre los cuerpos como por un desierto y, a lo lejos, de pronto, brotaba un géiser. Se oía la voz velada del hombre, un japonés: "Eres como mil mujeres para mí". "Porque no me conoces", respondía la mujer, "sólo por eso". Una mano rayó la blancura de la pantalla y se posó sobre la nada: era una lumbre en el agua. "A lo mejor no es tan sólo por eso", decía el hombre: "no por completo". La mujer le sonreía: "Me gusta ser mil mujeres para ti". Y otra vez llovían las cenizas.

Carmona sintió necesidad de Madre, deseo, el aguijón de un amor que nunca había podido saciarse. ¿Madre era mil mujeres para él? Tal vez lo era, y aún no se lo había dicho. Quién sabe cuánto tiempo llevaba esperando Madre que alguien la abrazara y le dijera: Sos todas las mujeres para mí. Mientras no le hablaran así, ella tampoco podía pertenecer a nadie. Una mujer que no es todas las mujeres ni siquiera puede pertenecerse a sí misma.

Entró en la casa casi corriendo, el corazón ansioso, como cuando era niño. Madre leía el mismo libro de Swedenborg, meciéndose en la hamaca del patio. Hacía calor. Los pájaros volaban alto y del plumaje se les desprendían hebras irisadas. Carmona tomó las manos de Madre, que no tocaba desde hacía mucho, y las besó:

—Fuiste la única mujer para mí —le dijo—. Sos como mil mujeres. —Y tuvo la certeza de que Madre iba a repetir: "Me gusta que digás eso. Es lo que siempre he querido". Pero ella lo apartó con un desprecio que debía de llevar años esperando.

—Yo no soy mil mujeres. Yo soy yo —dijo—. A mí no tenés por qué meterme en tus porquerías.

Desde entonces, Carmona se había esforzado por ver a Madre tal cual era, pero la muerte no le había dado tiempo para poner la realidad en su lugar.

❖

La noche antes de entrar en coma, Madre tenía el cuarto lleno de gatos. La Brepe estaba en sus brazos, y de tanto en tanto hundía el hocico entre los pechos fláccidos. Los otros gatos iban y venían por la cama llevando entre las fauces restos de la gran foto que Padre se había tomado junto a su última construcción: el alto pedestal para la estatua de un prócer, aún sin terminar. Madre ordenó a Carmona que arrojase a la basura los pedazos de la foto: estaban manchados por líneas de saliva, y el capitel románico en el que Padre se había esmerado tanto ya empezaba a descascararse.

Cada vez que Carmona vislumbraba en Madre algún gesto de amor se desconcertaba. Madre no podía amar a nadie, salvo a ella misma, y eso quién sabe. El amor y ella no parecían llevarse bien. Era tan inesperado para Carmona ver a Madre transportada de amor cuando jugaba con los gatos que, en vez de sobresaltarse, bostezaba.

—Me voy a la cama —dijo. Madre lo retuvo:

—Hace mucho que no cantás para mí, Carmona. Cantáme ahora, mientras me duermo. En algún momento los hijos tienen que ser los padres de sus padres.

—Para cantar tengo que darte la espalda, Madre. A la voz le da miedo salir cuando te ve.

Fue hacia la puerta del cuarto y se quedó mirando el patio. La noche estaba llena de fugaces llamitas, libando de la negrura. Cantaré para ella un madrigal, *Care-Charming Sleep*, pensó Carmona. La voz subió por los racimos alveolados de los pulmones y se dejó caer en las galerías de la tráquea. Estaba a punto de brotar cuando los gatos la inmovilizaron, clavándole los ojos.

—¿Ves que no puedo, Madre? —dijo Carmona— Quiero cantar, pero la voz se niega.

—No mientas —gritó Madre desde la cama—. Te pasás la vida echándole la culpa a tu voz. Cantás para cualquiera pero no para mí. Es lo único que te pido y te negás a dármelo.

Carmona trató de que su imaginación se alejara de allí, a un lugar que Madre no pudiese ver. Eso le daría confianza a la voz. Hizo un esfuerzo y pensó en los lirios de bronce que había visto brillar sobre una salina, pensó en las fotografías de unos palafitos a orillas del lago de Maracaibo, en una muchacha solitaria que lloraba en un baile, pensó en los lunares de las gemelas y en las montañas amarillas. Por un momento tuvo la voz en la punta de la lengua, pero la mirada fija de los gatos la ahuyentó nuevamente.

Corrió a su cuarto y se tendió en la cama. Madre le había llenado el dormitorio con los trastos inútiles de Padre. A los costados se amontonaban ahora columnas de facturas e impuestos de las fincas, planos, maquetas y cartapacios con interminables escuadrones de cifras que designaban quintales de hormigón y kilómetros de varillas para encofrados. Los papeles atraían un polen ceniciento y tenaz, que le irritaba la garganta.

Madre había dejado allí también los frascos de alcohol en los que Padre sumergía, de tanto en tanto, minúsculos animales rosados: larvas de la gran zanja, creía Madre. Pero Carmona sabía que no. Eran los huevos de los gatos que Padre solía castrar a escondidas. Yacían en un agua calma, azulada por la descomposición: algunos se habían desgajado en mínimas aletas; otros, carbonizados por el encierro, aún despedían calor. Cada vez que Padre los acercaba a la luz, los huevos se agitaban con pánico y trataban de ocultarse. Carmona quería vaciarlos en la pileta del fondo, que ya no se usaba, pero Madre no estaba de acuerdo. "A Padre le costó mucho su colección de larvas", solía decir. "Lo menos que podemos hacer es respetar las cosas que le gustaban".

Había en los frascos cierta fosforescencia que no dejaba dormir a Carmona: los destellos se convertían a veces en pequeñas burbujas impacientes, como flores de esperma. Todas las noches, al acostarse, se tomaba el trabajo de guardar los frascos en un armario, pero a la mañana siguiente aparecían otra vez al descubierto. Ahora, al salir del cuarto de Madre, aquellas mudas simientes soltaban en el alcohol estelas púrpuras de súplica. Carmona oyó caer la humedad de la noche. La luna llena resbaló en las paredes del

89

patio y dibujó vetas de azufre y níquel, como las que había visto Madre en las montañas amarillas. En ese momento regresó la voz. Asomó su huidiza cabeza y poco a poco dejó salir el fino cuerpo, la pulpa, las membranas vibrátiles. Tanteó primero el aire con un par de escalas y luego, al ver que nadie estaba acechándola, cantó *Care-Charming Sleep* como una adolescente intimidada. "Un poco más alto", le pidió Carmona, deseoso de que Madre la oyera. La voz avanzó con cautela por los corredores silenciosos del cuarto, y estaba a punto de levantar vuelo cuando Madre gritó:

—¡La leche para los gatos, Carmona! ¡Te has olvidado de traer la leche!

A la mañana siguiente, Carmona despertó como a las diez. Por el patio rodaban corrientes de viento frío y en el cielo azul se veían relámpagos de tormenta. Envuelto en una sábana corrió al cuarto de Madre. Los gatos bloqueaban la puerta y andaban de aquí para allá sin sosiego, con la determinación de que nadie pasara. Entrevió el cuerpo de Madre en la penumbra, pálido y afilado, y la oyó balbucear algunas broncas palabras sin sentido. Quiso llamar su atención agitando una punta de la sábana sobre la espesa arboleda de gatos, pero ella no respondió. "Madre, no sufras", le dijo. "Voy a pedir a las gemelas que vengan. Voy a hablar con el médico. Te lo ruego: no sufras". Qué iba a sufrir la desgraciada. Estaba desde hacía rato sumida en un coma de bienestar, del que salía cuando le daba la gana.

Se quedó un rato mirándola. Parecía que fuera a morirse de un momento a otro. Estaba indefensa, más indefensa aún de lo que estaría cuando muriese. Tengo que ganarle de mano, pensó Carmona, porque cuando muera ya no seré capaz de hacerlo.

Fue al cesto de la ropa sucia y se puso una de la mañanitas de Madre, con la esperanza de que el olor confundiera a los gatos. En cuclillas, fingiendo que deseaba acariciarlos, les tendió los brazos y los llamó con voz seductora: "Míos, míos, queriditos". Los animales retrocedieron, erizando el pelo de las ancas. "Míos, míos", repitió. A medida que se les acercaba, Carmona sentía más miedo. El filo de sus miradas se le clavaba en las vísceras. Tenía la sensación de que en cualquier momento le saltarían a los ojos. Eran capaces de lastimarlo a traición, de matarlo mientras dormía. Por fin, uno de los gatos se apartó del grupo y lamió, curioso, las manos tendidas de Carmona. A pesar de que la lengua del animal era rugosa como un papel de lija, transmitía indefensión y ternura. "Son criaturas muy especiales, criaturas del cielo", solía decir Madre. Y era eso lo que la lengua del gato dejaba en su mano: una saliva mansa, que sólo podía bajar del cielo. Carmona no se dejó seducir. Mientras el gato lo lamía, le acarició la cabeza con suavidad y tanteó el orden perfecto de sus músculos, la elasticidad de los huesos, la porfiada vida que latía en cada centímetro de aquel cuerpo incomprensible. De pronto, con un movimiento rápido lo aferró por la cola y lo puso boca abajo. El gato lanzó unos vagidos humanos, lastimeros. Todo sucedió tan de improviso que los demás gatos sólo atinaron a montarse unos sobre otros en el rincón. De espaldas a la cama de Madre, Carmona dobló la pequeña vértebra donde terminaba la columna y quebró el hueso como si fuera una maderita. El dolor estalló con tanta nitidez que también lo hirió a él y estuvo persiguiéndolo largo rato, como un dolor lleno de ecos. Quizás un día el gato podría curarse de aquel dolor. Pero no él. El dolor que había echado a rodar era de los que marcan para siempre.

Los eclipses

CARMONA TENÍA LA COSTUMBRE DE LEVANTARSE siempre tarde, y desde la muerte de Madre más tarde aún: nadie esperaba nada de él en la casa. Remoloneaba hasta las once, tomaba un poco de café y partía hacia el periódico donde trabajaba como corrector en el turno del mediodía. Cada vez le parecía más enojoso quedarse allí ocho arduas horas, leyendo en alta voz las síncopas de los avisos clasificados para que algún colega fuera marcando las erratas, o malgastando los raros momentos de tregua en comentar las enfermedades y los amoríos de los redactores. Cuánto mejor sería permanecer a la sombra de la casa, sin ver el terrible cielo azul, oyendo el zumbido de las moscas y el cotorreo lejano de los verduleros.

93

Pero Madre misma había insistido en que aceptara el trabajo: confería cierta dignidad y alguna vez le permitiría, si ahorraba, tomar lecciones de canto con un buen profesor.

Los colegas le desagradaban: eran sucios, viejos, y habían fracasado en sus anteriores ocupaciones. Carmona pensaba que los correctores de pruebas eran un catálogo de las frustraciones humanas. Él mismo, aunque vivía cuidándose del contagio, sentía que la mezquindad de la oficina se le estaba filtrando en la sangre.

En otros tiempos, cuando cantaba como solista en la Filarmónica, los colegas destilaban sin disimulo su resentimiento: "¿Y, che?", lo codeaban. "¿Para cuándo los gorgoritos?" Ahora que la voz se le estaba desbarrancando fingían compasión. Ninguno había asistido a sus recitales excepto Vélez, el jefe, que era un hombre cortés y pertenecía, como él, a una familia de abolengo empobrecida. Ninguno, tampoco, fue a dar el pésame: Vélez sí, la mañana del entierro. Pasó temprano y se retiró casi al instante, al ver que la familia estaba sola.

Sentado ahora en su pupitre de la sala de corrección, descifrando el atroz jeroglífico de los clasificados, Carmona fue dejando que la tarde se evaporara. A ratos sentía punzadas en la lengua, como si alguna mano secreta le bordara las papilas. Tosió un par de veces para expulsar la incomodidad, pero lo único que logró fue acelerar el ritmo de las punzadas. Cuando le ofrecieron té, lo pidió muy azucarado. Sintió la tibieza del azúcar pero no el sabor. Era verdad, entonces: el sentido del gusto se le estaba desvaneciendo.

Hacia las siete, en una de las treguas, Vélez se le acercó para invitarlo a comer. La esposa y él estaban solos en la casa: "Somos una pareja que ya no sabe acompañarse", le dijo. "Se nos han acabado los temas de conversación".

Años atrás, Vélez y él solían hacerse confidencias. El jefe lo había estimulado a ponerse de novio con una prima lejana cuando Madre, en los primeros meses de viudez, mantenía cautivo a Carmona junto a su cama, simulando dolencias del corazón y crisis de asma. Unos terribles anónimos sobre el pasado de la muchacha desanimaron a Carmona poco antes del compromiso. Había preferido no dar explicaciones, desahogándose sólo con Madre. Durante un tiempo, las relaciones con Vélez quedaron tensas, pero luego la señora Doncella los reunió en una fiesta íntima y todo volvió a ser como antes.

La esposa de Vélez había cocinado lentejas. Carmona probó un bocado y lo devolvió al plato con disimulo. No lo perturbaba ya que la comida fuera insulsa: lo peor era el peso de la comida sobre la lengua. Al menor roce, las papilas se hundían como en un pantano.

—Doncella está preparando una nueva kermesse —anunció la esposa—. ¿No lo ha llamado todavía, Carmona? Le va a pedir que cante.

—Ya lo llamará —intervino Vélez—. Ha de estar esperando que se cumpla el duelo.

Cuando los recuerdos de los últimos días aparecieron en la conversación de la esposa, Carmona sintió alivio. Cada vez tenía más pereza de recordar. Deseaba que otros se hicieran cargo de sus recuerdos, pero no se atrevía a ofrecerlos, para no sufrir la vergüenza de que los rechazaran.

La esposa contó que las damas de los ingenios se habían reunido en la glorieta de la señora Doncella para probarse los vestidos que llevarían en la kermesse. Esa tarde, dijo, soplaba un viento candente. Las modistas tenían que perseguir a las damas por el parque para retocar los ruedos e hilvanar los encajes alborotados por el calor. El agua del río estaba tan templada que ni siquiera se movía: en la superficie flotaban las grandes hojas de los camalotes.

—Si en junio es así, cuánto peor será en julio —observó Vélez—. Aquí las cosas suceden siempre al revés: cuarenta y cinco grados en invierno y nadie sabe cuántos en el verano.

—Toda la vida ha sido igual —dijo la esposa—. Eso es lo que más divertía a Madre: que las estaciones cambiaran pero el clima no.

—Vamos a extrañar a Madre —dijo Vélez—. Era de las que nunca se perdía una kermesse.

El comentario fastidió a Carmona: Madre no solía ir a las kermesses. Para cumplir, mandaba telegramas de adhesión, que se leían por el micrófono. Pero la muerte la había dejado inerme, como a Padre: las personas depositaban en ella recuerdos al azar, cualquier recuerdo, aun de cosas que no habían sucedido.

El silencio pasó un momento por allí y se quedó. Todos se pusieron incómodos: también el silencio. La esposa fingió concentrarse en las lentejas. Vélez, que era de reflejos más rápidos, propuso oír algunos madrigales cantados por Alfred Deller, el contratenor favorito de Carmona.

"Ahora no", quiso decir Carmona. "Me molesta la lengua".

La música, de todos modos, se les adelantó. Un par de sopranos gorjeó a paso vivo *Mother, I Will Have a Husband*: las voces patinaban sobre una espesura de vidrio. Deller las azuzaba en segundo plano, enarbolando el látigo de sus agudos. Cuando el madrigal terminó, Vélez tomó el brazo de Carmona.

—¿Por qué no vende la casa y busca quién lo cuide? —le dijo—. Ya no necesita tantos cuartos para vivir.

—No puedo —respondió Carmona secamente—. Madre jamás me lo perdonaría.

—Ella se ha ido ya —intervino la esposa—. Ella quería morirse.

—No se ha ido del todo. Me ha dejado siete gatos. Tal vez más. No sé qué hacer con ellos. Anoche se metieron en el baño. Los tuve que espantar con una toalla.

—Ahora mismo le preparo unos bifes con vidrio molido —ofreció la esposa—. No hay razón para preocuparse. Esos bifes acabarán con los gatos en pocas horas.

—Los gatos son de Madre —dijo Carmona—. No puedo hacerles daño.

La esposa se aprestó a retirar los platos y advirtió que el de Carmona estaba intacto.

—¿Quiere alguna otra cosa? ¿Una sopa? Tendría que alimentarse.

—Lo lamento —dijo Carmona—. Siento punzadas en la lengua.

—Es el estómago —diagnosticó la esposa—. Cuando los nervios se sublevan, el estómago paga las consecuencias.

—Tal vez un helado —ofreció Vélez—. El frío alivia.

—Quiero una taza de leche —dijo Carmona—. O más bien en un plato. La lameré y me sentiré mejor.

❖

Durante toda la semana siguiente no se movió de la cama. A la luz del día se le equivocaban los recuerdos. Algunos, que nada tenían que ver con él, le producían dolor. Pero en la noche no era así: no le incomodaba sentirse otro y llenarse de recuerdos ajenos. Hablaba en sueños con personajes muertos, en un lenguaje que trastornaba el género y los sexos, y las palabras se relacionaban a través de puentes que no iban a ninguna parte.

Dejó de bañarse y su cuerpo adquirió un color tan ceniciento que las gemelas, inquietas, se turnaron para cocinarle caldos de pollo y compotas de manzana. Pero el estómago de Carmona no toleraba sino leche. La quería tibia, espesada con azúcar, en platos hondos: cuando las gemelas se la servían en bandejas de enfermo él apartaba la cuchara e inclinándose sobre el plato hundía la lengua con fruición y la dejaba remojándose en el líquido, hasta que la lengua se ahuecaba y remontaba la leche hasta la garganta.

—Madre te convirtió en un salvaje —le dijo una tarde la gemela que había nacido primero—. Ya no parecés persona.

—Soy el mismo de siempre —se defendió Carmona—. Es el cuerpo lo que me está cambiando de costumbre.

La respuesta les pareció tan extravagante que al día siguiente las gemelas se hicieron acompañar por el médico. Era un viejo gordo y minucioso, de religiosidad exagerada: asistía a las procesiones con hábito de hermano terciario y predicaba sobre la eucaristía en los retiros espirituales.

El médico aplicó la oreja a la espalda de Carmona y se quedó escuchando con una sonrisa de beatitud.

—¡Qué maravilla! —dijo—. Parecen los fuelles de un niño.

—Será por el canto —supuso la otra gemela—. Habla con la voz de un hombre pero cuando canta tiene la misma voz que a los diez años.

—Ya no —dijo Carmona—. Ahora lo que me duele es el lengua.

—Ah sí, la lengua —corrigieron las gemelas.

El médico encendió una linterna minúscula e investigó en la boca.

—Tenés dos caries —dijo.

—No son las muelas —se molestó Carmona—. Lo que me duele son las papilas de adentro.

—Están sucias, eso es todo —dijo el médico—.
No se ven las papilas. Se ven unos puntitos negros. Alguna corriente de sangre se te ha movido de lugar.

—Yo no las he movido. Fueron los gatas.

—Deberías ser más juicioso entonces —lo reconvino el médico—. Un hombre grande como vos no tiene por qué dejarse lamer por las gatas.

Las gemelas se sonrojaron y volvieron la cabeza hacia las plantas del patio. Carmona sintió un vaho de vergüenza.

—No sé si son gatas o gatos —aclaró.

—Peor, entonces —dijo el médico—. Esas enfermedades no se curan sino con baños de asiento.

Las gemelas llenaron la bañadera con agua tibia y la purificaron con el hisopo de óleos benditos que el médico siempre llevaba en el maletín. Carmona les pidió que montaran guardia ante la puerta del baño, por si los gatos insistían en el asedio. Por las dudas, exorcizaron con el hisopo los zócalos y el umbral que daba al patio, del que brotaba un relente áspero: las estelas de orina de los gatos.

—¿Te vas sintiendo mejor? —preguntaron las gemelas al oír que el hermano se hundía en el agua.

—Sí, sí —dijo Carmona—. Ya estoy bien. Váyanse. Mañana vuelvo al trabajo.

Se enjabonó, se dejó mecer por el agua: había celdillas en la molicie del agua, campos donde pastar, labios vítreos del agua que le aquietaban las imaginaciones. Los gatos ya no podían alcanzarlo. ¿Y sus crías? ¿A quién las entregaba Madre? ¿Dónde estaban incubándose? El olvido: ahora las imágenes del olvido entraban en su cuerpo y se quedaban, anidando. Un maullido ronco las dispersó. Parecían muchos gatos arrastrándose a lo lejos. Carmona se puso tenso: "¿Quién está ahí?", dijo. Ningún murmullo ni roce le contestó: sólo el balbuceo del agua. Pero después el maullido se fue acercando, se articuló en palabras que habían vadeado cauces ya muy de atrás, cauces borrados por las cesuras de la memoria. El maullido se dejó discernir poco a poco y se tiñó con la voz de Madre: "Amo la mano del amo", oyó Carmona. "¿Madre?", llamó. La voz cesó un instante y luego, pasándolo por alto, persistió. Carmona se irguió en la bañadera. "¿Madre?", repitió. A medida que iba cobrando fuerza, el maullido se volvía más grumoso y obsceno. Venía vestido con la bronca voz que Madre tuvo en la agonía, pero las órdenes que destilaba no eran de ella: "Lamé el ano del amo", dijo el maullido. "Amá la mano del amo".

❖

La voz de Carmona se iba desvaneciendo tan de un día para el otro que temí su repentino eclipse y decidí oírlo ensayar en la Filarmónica. Eran las últimas fogatas de la voz: todos lo decían. A la semana siguiente debía dar un recital con arias de Purcell y el clavecinista que le servía de acompañante no estaba seguro de que la voz pudiera sobrevivir tanto tiempo. A veces, después de varios trinos oxidados, estallaba un agudo milagroso, una grieta súbita de sol entre manchas de tormenta, pero en seguida daba lástima oír cómo la tensa garganta de Carmona se desvivía persiguiendo a la voz vaya a saber en cuáles humillantes abismos.

Apenas nos vimos, Carmona puso la voz en mis manos para que la afinara. Tenía tantas opacidades y corrosiones que me costó reconocerla. Él estaba muy ansioso. Si no se suelta en un par de días tendré que suspender el recital, me dijo. Para colmo, me duelen las papilas. ¿Las papilas?, me extrañé. Nunca había oído eso. Le pedí que sacara la lengua. Quedé impresionado. Atrás, sobre el lomo de la lengua, había unos minúsculos cráteres negros, blanduras, hundimientos, que se irradiaban hacia el paladar y las amígdalas. También estoy perdiendo el tacto, dijo. Ya nada me da ni frío ni calor. ¿Ves? Me mostró las palmas de las manos: segregaban unos tenues hilillos de humedad. Son imaginaciones, me pareció. No hay razón para que te preocupés tanto. Si estuviera por apagarse tu tacto no sentirías dolor en las papilas. Eso es lo raro, me contestó: cuanto menos tacto tengo, más me duelen.

Salimos a caminar. La Filarmónica estaba rodeada por laberintos de hortensias y magnolias, y aunque llovían cenizas de maloja el aire se conservaba puro.

Estaba por contarle lo que había sucedido después del casamiento de Leticia Alamino cuando Carmona me contuvo: ¿Podrías dejar de sonreír?, dijo. Yo siempre andaba con la sonrisa prendida en la cara y así como era incómoda para mí debía de resultar incómoda para los demás. Si sonreís tanto, solía decirme Madre, será porque algún mal estás deseándome. ¿Querés que muera más rápido? No te voy a dar el gusto. Y a lo mejor Madre tenía razón. Ya no sabía cómo hacer para matarla más.

Si quisieras mi voz

POCO DESPUÉS DEL CASAMIENTO DE LETICIA, Madre inscribió a Carmona en la escuela de niños cantores. Los Alamino se marcharon en silencio una madrugada y la casa de al lado quedó vacía. Carmona se levantó al oír los camiones de mudanza y, a través de las celosías, vio las colecciones de narguiles, las canastas rebosantes de puntillas y chalecos y los enjambres de gatos asomando las cabecitas entre los muebles.

Pasó muchos meses de melancolía, cantando. La temperatura se mantuvo fija en los cuarenta grados sin que los meteorólogos se arriesgaran a explicar el fenómeno. Hablaban de turbulencias volcánicas y fusión de los casquetes polares, pero Carmona sufría esos trastornos como si fueran de otra especie humana, de otra época: la vida seguía fluyéndole como antes, y la indiferencia de sus sentimientos tampoco cambiaba.

Los generales que gobernaban la provincia trataron de domesticar los azares del clima creando en las orillas del río "áreas de clorofila" o "pulmones verdes", como dieron en llamar a los parques. Durante algún tiempo, Padre supuso que su casa sucumbiría como las otras a la marea de expropiaciones, pero movió tantas influencias y pagó tantos sobornos que la salvó. Pronto demolieron los depósitos de azúcar, los bazares y las pensiones de viajantes que estaban en la vereda de enfrente. Todo el paisaje se transfiguró. Al pie de la casa, un suave declive sembrado de palos borrachos y moreras permitía divisar el río a lo lejos: los óxidos de su corriente, la bruma azul de las mañanas, la procesión de camalotes que avanzaba con tiaras de luciérnagas y zorzales, y el devaneo de los veleros, que se mecían en el agua como las teclas de un gran piano.

En la ribera opuesta, las damas de los ingenios hicieron edificar una hilera de glorietas para tomar el té y jugar a las cartas. A veces, cuando Carmona y las gemelas paseaban por la costa, solían ver a Madre enzarzada con sus amigas en conversaciones entusiastas: siempre era Madre la que llevaba la voz cantante y, por los ademanes, parecía que recitaba versos patrióticos. Los niños la sentían entonces tan lejana como si hubiera sido madre de ellos en otros tiempos y ahora fuese la madre de otras personas.

Carmona nunca pudo llevar a la escuela de niños cantores su voz verdadera. Le daba tanta dicha que tenía miedo de compartirla. Cuando nadie lo vigilaba, la dejaba retozar en la intemperie y moverse según los dictados de su imaginación. A la voz le gustaba caer en los más bajos fondos de las entrañas de Carmona y sorprenderlo desde las cavernas del colon con un do puro y profundo, o volverse contralto y dar saltos mortales de tres octavas. Si Madre hubiese visto de cuánto era capaz la voz, quizá la hubiera llevado a las glorietas, para lucirse ante las otras damas, en especial ante la señora Doncella. Pero Carmona se la escondió. Complacía a Madre cantando sólo dos o tres notas y sosteniendo los agudos en las escalas, como recomendaban en la escuela. ¿La complacía, dije? No es así. Madre era insaciable.

Carmona cantó en el coro tres o cuatro años. Cuando el maestro necesitaba un solista lo elegía siempre a él. Hubiera bastado esa dádiva del cielo para que cualquier madre se sintiera orgullosa. La de Carmona no: quería más. Era suspicaz, y presentía que sobre las bengalas de aquellos agudos resplandecía otra garganta de luz más viva aún, en la que anidaba la verdadera voz del paraíso. Durante algún tiempo disfrutó de los aplausos que el hijo recibía en el coro. Pero no bien los aplausos se apagaban, la felicidad de Madre desaparecía. Después de cada recital, en el camino a casa, lo cubría de reproches. ¿Por qué no sostuviste el trino en el *Lamento de la ninfa*, Carmona? ¿Qué te costaba empezar el oratorio con un poco más de brillo? ¿Es que no te da para más: tan temprano en la vida y ya no te da para más? Él hubiera querido satisfacerla: se moría por hacerlo. Pero pensaba que ni aun soltando la voz por completo la haría feliz.

¿Has visto a Madre alguna vez feliz?, le pregunté. Carmona se quedó callado un rato. Luego dijo: Por más que trato de recordar, nunca la vi feliz.

Cuando se avecinó la muda de la voz y aparecieron los primeros gallos, hasta Padre se puso nervioso. Trajo a un profesor italiano experto en la restauración de cuerdas vocales para que decidiera cómo cuidar las de Carmona. Era un viejecito afectado, que usaba un peluquín oscuro y se teñía de negro las pocas hebras de la nuca. Hablaba tan gangoso que parecía bobo, pero sus diagnósticos eran infalibles.

Se presentó en la casa después del almuerzo, a la hora en que el calor exageraba más. Los árboles estaban blancos, como si sufrieran de incandescencia. Carmona vestía una camisa de lino tenue y aun así sudaba a mares, pero el profesor, que no se quitó en ningún momento el saco de paño azul y el echarpe de seda, parecía muy fresco. Caminó de un lado a otro del vestíbulo describiendo los músculos del aparato vocal y el lento movimiento descendente que emprendía la laringe durante los años de muda. Cuando por fin calló, Carmona contuvo la respiración. Esperaba, no sabía por qué, un dictamen terrible. Y así fue:

lo que ocurrió esa tarde le cambiaría la vida.

—¿Dónde podremos estar solos con este muchachito? —se impacientó el profesor. Padre lo guió hasta su escritorio y ofreció unas copas de té helado—. Ahora váyanse todos y olvídense de nosotros. Estaremos ocupados un rato largo.

Carmona se puso a temblar. Sentía que el llanto se le escapaba de los ojos y volvió la cabeza para que nadie lo viera. El profesor cerró todas las persianas y dejó el cuarto a oscuras. Carmona oyó el traqueteo de un carro sobre los adoquines, afuera. Rendidos por el calor, los pájaros no volaban: de modo que también oyó el silencio de los pájaros. Sólo unos pocos insectos cardaban el calor vidrioso. Con extrema delicadeza, el profesor puso las yemas de los dedos en la garganta del paciente y le ordenó cantar un do natural.

—Sostené la nota —dijo.

Hablaba con un tono neutro, como quien recita una lección. El alumno tomó aliento. No bien empezó a cantar, el viejo le metió los dedos y pulsó las cuerdas vocales como si fueran las de un arpa. El dolor lo golpeó a Carmona tan de sorpresa que perdió el control del do. La nota saltó como rayo hacia un agudo que él creía imposible.

—Ahora vas a repetir ese mismo do —ordenó el profesor.

—No puedo —se disculpó el muchacho—. Fue casual. Usted hundió la mano y no sé qué pasó.

—Vas a repetir esa nota, quieras o no —se exasperó el viejo.

Carmona se dispuso a fingir. Aclaró la garganta e improvisó el más grave de sus do. Si el profesor trataba de pulsarle otra vez las cuerdas vocales, los agudos fluirían atenuados. Pero el astuto viejecito ya estaba prevenido contra todos los ardides de los alumnos. Dejó que la voz del muchacho retozara en el tibio plasma de los sonidos graves, y luego, con una sonrisa de beato, le tanteó suavemente la garganta. Sin transición alguna, la cara se le transfiguró. Soltó una risa grosera y hundió los pulgares en los azorados cartílagos de Carmona.

—Quiero oír ese agudo, hijo de puta —masculló. Los ojos ladinos le brillaban. En el desvarío del estrangulamiento, los agudos estallaron como fósforos.

Al oírlos, el profesor aflojó las manos y se rascó la peluca, satisfecho:

—¿No te dije? Ahí estaban.

Sacó a relucir un violín pequeño y se puso a tocar madrigales de Giulio Caccini, que abundaban en notas sobreagudas.

—Cantá la melodía, pero un semitono más alto —ordenó.

Carmona tuvo miedo. Nunca había llevado la voz hasta esas alturas y hacerlo le daba vértigo.

—No puedo —repitió—. Nadie podría cantar así.

El viejecito lo tomó por los hombros y le vació en la nariz un aliento letal.

—Si no hacés lo que te mando, te arrancaré la voz que has escondido detrás de la garganta y la voy a destrozar. Nunca volverás a verla, te lo prometo.

Carmona era sólo un chico de trece o catorce años y no contaba sino con la voz para que Padre y Madre siguieran queriéndolo. Si se quedaba sin la voz, nadie lo querría. Rompió a llorar. Estaba lleno de sollozos y no lo sabía: ahora que todos los sollozos se apresuraban a salir, le lastimaban el pecho. Pero cuando se desahogó y los espasmos del llanto se alisaron, los madrigales de Caccini brotaron con la agilidad de un picaflor.

La siesta se disipaba. En las grietas de luz que aparecieron en el cuarto Carmona vio, otra vez, enjambres de moscardones. Madre, en su dormitorio, lo oyó cantar y zarandeó a Padre, que dormitaba:

—¿Es que no te das cuenta? —le dijo—. Es un milagro. Carmona tiene la misma voz del niño de los Ikeda.

Hacía ya tiempo que las voces de las montañas amarillas se habían borrado de la memoria de Padre, y cuando Madre las evocaba, Padre tendía a pensar que no eran voces de la realidad. Se incorporó en la cama y simuló escuchar. La voz de Carmona sonaba tan lejos que parecía igual a cualquier otra.

El profesor pasó el resto de la tarde ejercitando a la voz en todos los registros. Ordenó a Carmona que la bajase a los sótanos de *Boris Godunov* y que la templara en el purgatorio de *Rigoletto;* que la enjoyara como a una tiple de *La flauta mágica* y la desvistiera en las penumbras de las valquirias de

Wagner. Cuando terminaron, Carmona estaba exhausto. El sudor le pesaba como hielo.

Fue a llamar a sus padres y los encontró refrescándose con el agua de una jofaina.

—Por la plata que está costando, más vale que ese italiano me dé buenas noticias —dijo Madre—. ¿Qué cara tiene?

—La misma cara de cuando llegó —contestó Carmona—. Hasta cuando me aprieta la garganta se muere de risa.

Encontraron al profesor en el vestíbulo explorando con una linterna las cuerdas vocales de las gemelas.

—La voz de estas chicas nunca les dará trabajo —exclamó con una sonrisa que le llegaba a las orejas—. Es de una mediocridad perfecta.

Padre sintió la tentación de corregirlo mostrándole los lunares, pero la dura mirada de Madre lo retuvo.

De la cocina trajeron grandes jarras de té frío y jugo de moras. Con suficiencia, el profesor explicó sus técnicas para ejercitar lo que él llamaba "registros no usados", y que tal vez fueran, por lo que entendieron, la voz de cabeza en el hombre y la voz de pecho en la mujer. Trataba de calmar la ansiedad de los padres, pero en verdad causaba el efecto contrario. Madre terminó por interrumpirlo en mitad de una frase.

—Todo eso está muy bien, pero no nos interesa. Sólo quiero saber si Carmona puede o no seguir cantando en público. No me gustaría pasar papelones.

El profesor dejó su jugo de moras y cruzó las piernas. Luego, soltó un sarcasmo:

—No entiendo por qué los papelones serían de la señora. ¿Cantan ustedes a dúo?

Madre sintió la provocación y las aletas de la nariz se le dilataron. Antes de que estallara, Padre intervino con comedimiento:

—No es eso, profesor. Es que la muda de Carmona nos tiene los nervios de punta. Ya estábamos acostumbrados a su hermosa voz de niño y ahora sufrimos porque vamos a perderla. No sabemos qué hacer. ¿Debemos sacarlo cuanto antes del coro o hay que dejarlo allí unos meses más?

—Sáquenlo ahora mismo. No tiene ningún sentido que se quede.

Madre estaba de lo más intrigada:

—¿Le han dañado la voz?

—Peor —dijo el profesor—. No le hacen nada. Este chico tiene demasiada voz para una ciudad tan pequeña. Deben llevárselo cuanto antes.

—Si hacemos algo, será después de la muda —dijo Padre.

El profesor meneó la cabeza, como si tuviera que lidiar con un auditorio de idiotas.

—La muda no será un estorbo —explicó—. Él puede hacer con la voz lo que se le dé la gana. Puede ser tenor, barítono, hasta soprano. Tiene lo que se llama una voz absoluta.

—Me lo debe a mí —murmuró Madre, con la mirada vacía.

Sólo Carmona la oyó. Padre no parecía convencido. Ajustándose los quevedos, encaró al profesor:

—En la escuela de canto nadie opina como usted. Piensan que la voz del chico es muy hermosa, pero que la perderá después de la muda.

—Se equivocan —insistió el viejo—. Si tuviera una sola voz, vaya y pase. Pero él tiene por lo menos siete. Una voz con siete vidas. Sólo hay que clavarla en un registro de dos a tres octavas, y allí se quedará para siempre. Éste es uno de los raros casos en que no necesitamos obedecer a la naturaleza.

Madre seguía con los ojos muy abiertos y el cuerpo inclinado hacia adelante. Nunca había estado sumida en un interés tan profundo.

—A mí me gustaría que le dejáramos una voz de soprano coloratura —dijo—. Ya que podemos hacer cualquier cosa, al menos hagamos algo que llame la atención.

Carmona permanecía callado. Sentía que los deseos de Madre lo incomodaban: y a Padre también. Pero ninguno de los dos se animaba a contradecirla. Por fin, Padre dijo:

—No me convence que Carmona cante como una mujer. Cuando lo miren como a un fenómeno pasaré mucha vergüenza. Ya estoy oyendo a la gente: ¿No tenías acaso un hijo varón? ¿Qué le ha ocurrido? Eso será más fuerte que yo. Hagan con la vida de Carmona lo que quieran, pero a la mía no me la toquen.

Ya estaba oscuro cuando el profesor se despidió. Afuera llovía. Tan húmedo estaba el aire que aun caminando bajo techo había que apartar las mortajas del agua. Comieron en silencio y con el último bocado Madre mandó a los chicos a la cama. Las sirvientas solían fregar con lejía los lunares de las gemelas para que se les disiparan, pero esa noche Madre no les dio permiso. Quiso que apagaran la luz en seguida y se durmieran. Carmona no pudo. La voz le rodaba de un lado a otro de la garganta, inquieta por el acoso de un mundo sin misericordia. Oyó hablar a Madre. En puntas de pie fue acercándose a su dormitorio hasta que las palabras le llegaron claramente. "¿Y si aprovecháramos la voz antes de la muda, Padre?", estaba diciendo ella. "¿Y si grabásemos algunos discos, presentándolos como si fueran míos: qué mal haríamos? Yo, Madre, soprano coloratura: ¿cómo te suena eso? Sería lo justo. Al fin de cuentas, Carmona no tendría la voz que tiene si yo no hubiera estado pensando en eso desde que fuimos a las montañas amarillas. Yo le enseñé todo lo que sabe. Yo le saqué la voz de adentro. Viéndolo bien, esa voz me corresponde más a mí que a él". Padre opinó que eran vanas fantasías, que con las voces no se puede jugar como con las palabras escritas por otros. "No se puede plagiar. Apenas oigan los discos querrán que des recitales por todas partes. ¿Cómo harás, entonces? ¿Pondrás el útero en el escenario?"

Madre era muy inteligente, pero cuando su ambición o su propio ser entraban en juego perdía toda noción de las medidas. Insistió. A Carmona le partía el alma, pobre Madre. Comprendía sus razones. Si ella no hubiera dicho: Sólo te enseñaré a leer cuando aprendas a cantar, ¿dónde estaría tu voz, Carmona? ¿Cuál hubiera sido la brújula de tu voz sin el fonógrafo que ella salvó de los montepíos para que pudieras oír los trinos de la Reina de la Noche?

—Por más que trato, me cuesta entender a ese profesor ridículo —porfió Madre—. Suponé que aceptamos su consejo. ¿Te moverías vos de esta ciudad?

—No —respondió Padre.

—¡Claro que no! —convino Madre—. Si Carmona tiene una garganta privilegiada, esta ciudad da lo mismo que cualquier otra. Yo tampoco pienso marcharme.

Carmona sintió que muchas luces se le apagaban en el corazón y el mundo quedaba a oscuras. Tal vez el mundo había estado siempre oscuro para él y sólo ahora se daba cuenta. Entró en el cuarto de los padres sin golpear. Los vio sentados en la penumbra de la cama, dándose la espalda. Padre se había quitado los quevedos y sus ojillos miopes estaban acurrucados bajo el plumaje de los párpados, como un pájaro que se dispone a dormir. Carmona quiso arrojarse en los brazos de Madre pero sintió que si lo hacía ella no iba a perdonárselo.

—No te preocupés, Madre —le dijo desde la puerta—. Ya no sufras. Si querés mi voz, llevátela. Todo lo que tengo es tuyo. A nada voy a decirte nunca que no.

El paraíso

Sentémonos, Carmona. Estás muy tenso. No deberías ya pensar en nada. Traté de palpar sus manos, las yemas de los dedos, pero se me escurrían. Tenía un cuerpo muy incierto. ¿Tenía un cuerpo? Nunca he sabido si el cuerpo es nuestra posesión; si en verdad lo tenemos o más bien lo llevamos como algo ajeno al ser: una carga. No creo que el cuerpo de Carmona fuera de él cuando caminábamos por los laberintos de hortensias y magnolias, cerca de la Filarmónica: el pobre cuerpo de Carmona ya no pertenecía a nadie. Daba lástima. Esos sentidos que se le desprendían, esos gajos del ser tan torpemente apagados, ¿adónde irían? El gusto, el tacto: aquellas avecitas de vuelo corto, ¿se las habría llevado Madre? Él me dijo:

119

Cuando más pasa el tiempo, más me parezco a Madre. Entonces tratá de que tu cuerpo deje el mal camino por donde va, le advertí. En vez de parecerte a Madre te parecés a su muerte.

Estábamos al descampado y soplaba el viento, pero las ráfagas se mantenían en las cúpulas de las iglesias y en lo alto de los árboles. Abajo, en cambio, no se alteraba la calma.

Entonces, en aquel tiempo: comenzó a decir Carmona. ¿En aquel tiempo es cuándo?, lo interrumpí. Yo no quería que sus recuerdos se enredaran con los míos. Era como si lavásemos juntos nuestros recuerdos: al sacarlos del agua ya no podríamos reconocerlos. En aquel tiempo no sabíamos qué hacían Padre y Madre con el cuerpo. Yo tenía unos pocos pelos suaves entre las piernas y, cuando les permitía a las gemelas que los vieran, ellas se desprendían la blusa y me mostraban los pechos: eran todavía planos y pálidos, pero si yo acercaba los ojos notaba una hinchazón tenue bajo la piel, como si escondieran algún umbral o zócalo que llevase a lugares desconocidos. A Padre y Madre nunca los veíamos desnudos. Yo quería verlos. Una noche dejaron la luz del dormitorio encendida hasta muy tarde. Tenían la costumbre de acostarse en silencio, pero aquella vez había muchas palabras aleteando, frenéticas, y casi todas eran de Madre. Aceché por el hueco de la cerradura y la vi de espaldas, con un corpiño largo, que le cubría también el vientre. Padre llevaba calzoncillos y por la abertura yo distinguía una pequeña larva viscosa, mustia: lo que había sido mi principio. Madre le decía: "¿Qué puedo hacer para que me dejés en paz? ¿No lo entendés, Padre? Hacé de cuenta que soy una enferma. Te la pasás acosándome como si no supieras. ¿A una enferma de cáncer la acosarías? No, ¿verdad? Entonces, dejáme en paz". Padre no estaba oyéndola. Suspiraba, con la cabeza baja, y repetía: "Mi desgracia, Dios mío. Mi desgracia". Le saltaban las lágrimas, aunque tratara de reprimirlas: tenía la cara húmeda y, cuando se la secaba con las sábanas, las lágrimas aparecían otra vez, por su cuenta, como si vinieran de otra parte y se hubieran detenido en unos ojos que les parecían hospitalarios. Sentí vergüenza por él y me aparté del hueco de la cerradura. No había podido ver su cuerpo desnudo pero en cambio había descubierto su desnudez.

En aquel tiempo, dijo Carmona, Padre solía despertarme en medio de la noche pidiéndome que le hiciera un lugar en la cama. Nos abrazábamos y yo me daba cuenta de que sus caricias no eran para mí. Pero sólo duró unos pocos meses. Mi cuerpo se transformaba velozmente, y Padre debió, él también, sentir vergüenza de dormir conmigo.

Decíme todo, Carmona. Desahogáte. ¿Te sacaron del coro? No, yo mismo me fui. Mientras duró la muda pasé un año en silencio. Una mañana, me presenté en el conservatorio de canto y hablé con los maestros. Quiero ser contratenor, les dije. ¿Eso querías? Quería una voz que fuera dos voces a la vez, dijo Carmona. Así empecé.

121

¿Madre estuvo de acuerdo? No al principio: se desconcertó. Yo ensayaba con máscaras: blancas, doradas, retratos de otros mundos. Y ella no me veía: oía la voz, el brillo espeso y óseo de una soprano ardiendo en las fogatas de muchas voces. Le inquietaba que me ciñese a un repertorio tan viejo, tan estricto: la música de los contratenores muere con el barroco. ¿Quién te va a oír?, solía decirme Madre. Di el primer recital ante muy poca gente. Al segundo fue una multitud. Ni aun así fui feliz. ¿Alguna vez lo fuiste?, le pregunté. Nunca pude saberlo. Si fui feliz, Padre y Madre no estaban conmigo.

❖

Siempre que había visitas, en la casa se hablaba del paraíso. No bien terminaba el inventario de las enfermedades familiares, cada uno de nosotros refería en voz alta lo que esperaba ver cuando muriera. Nadie imaginaba el paraíso como el punto en que coinciden, sin confundirse, todos los lugares del orbe: preferíamos visiones más carnales y menos ciegas. Creíamos que era la rosa profunda en cuyo centro estaba Dios. Pero también creíamos otras cosas. Madre lo situaba en las montañas amarillas, adonde ya no se podía llegar. Hacía muchos años que las veredas de acceso habían sucumbido a los aludes del invierno, y un largo hilván de rocas cubría la entrada de los socavones. De los Ikeda nada se oía. De vez en cuando, las avionetas pasaban sobre el antiguo rastro de la zanja, buscando la colina de ámbar donde tal vez se alzara una garganta líquida, un arco iris de sonidos: el niño. Sólo veían neblina, franjas de luz apagadas por el súbito eclipse de la naturaleza.

Ah, ya entonces te imaginabas el paraíso, dije. No, respondió Carmona. El paraíso y la felicidad eran la misma cosa para mí. Cuando trataba de imaginar el paraíso, veía la felicidad. Veía un camino en la llanura y la felicidad a lo lejos. Pero no bien ponía el pie en el camino, la felicidad desaparecía. Nadie puede imaginar la felicidad, dije. ¿Sabés por qué? Porque en el momento en que imaginás la felicidad, la perdés. No, volvió a decir Carmona. Sólo son felices los que pueden imaginar la felicidad, pero esa misma imaginación es la que los hace infelices.

También a las gemelas les llegó la adolescencia. Eran coquetas y sociables. Todos los fines de semana las invitaban a un baile. Pasaban de unos brazos a otros con la expresión transportada, sin que se les notara nunca la fatiga. El aire de las fiestas era tan sofocante que todas las chicas llevaban las espaldas desnudas. Ellas no se acomplejaban: cubrían los lunares con unos suaves encajes de color carne, que les servían para excitar la imaginación de los muchachos: "Desconfíen de las chicas que más muestran", les decían. "Son las que menos tienen".

A veces, Padre ordenaba a Carmona que las acompañara. Pasaba entonces toda la noche en un rincón, junto a las jarras de jugos de frutas, mirando el vaivén de los bailarines. Para no caer chocante, se quedaba mudo. No sabía cómo disimular su timbre de voz. Cuando alguien se le acercaba y le hacía preguntas, contestaba con monosílabos. Los otros adolescentes se amedrentaban ante aquel muchacho tan alto, con tórax de rinoceronte, que hablaba con voz de mujer.

Después de su segundo recital, se había convertido en una rareza. "El bellísimo canto de Carmona", explicaba el diario de la ciudad, "es una incomprensible desviación del orden natural". La señora Doncella comenzó a invitarlo con frecuencia a su mansión llena de pinturas, a la orilla del río. Apenas oscurecía servían la cena en el largo comedor. Ambos comían a solas, en silencio. A Carmona no le incomodaba callar. Sentía que a la señora Doncella le bastaba verlo y que no esperaba más de él. Eso le aplacaba el ánimo. A veces, en señal de gratitud, cantaba antes de marcharse: madrigales, romanzas, la primera estrofa de un aria de Haendel, que la señora acompañaba al piano, con extrema discreción. No había nadie más en la casa, aparte de la remota servidumbre, pero él tenía entonces la sensación de que cientos de mujeres lo escuchaban: desde los andenes de una estación o desde las gradas de una ciudad hueca, como en los cuadros de Delvaux. Soltar la voz era entonces como soltar el corazón.

Madre siempre lo esperaba despierta en el vestíbulo. Pretendía que Carmona le describiera con

lujo de detalles el vestido y las joyas que llevaba
la señora, y los manjares que había comido, pero
él nunca lo recordaba. Su memoria sólo registraba
la atmósfera de la noche: la actitud del río, los per-
fumes, lo táctil.

Empezó un año húmedo y candente: tanto, que
la ciudad no recordaba otro así. Las cornisas de
las casas rebosaban de arbustos que volvían a
crecer apenas se los segaba, y cuando no se pasaba el plumero, los muebles amanecían con una
costra de césped enfermizo. Fue entonces cuando
la señora Doncella recibió la visita sorpresiva de
unas sobrinas a las que casi no conocía.

Las forasteras andaban a todas horas por las
tiendas de la ciudad, comprando encajes y faldas
de lino. No se daban con nadie, como si tuvieran
algo que ocultar o no tuvieran nada que decir, que
son formas distintas de un mismo silencio. Eran
morenas y de narices anchas. Cuando las cono-
cieron, las damas de los ingenios no podían creer
que fueran de la misma sangre que la señora Doncella. ¿De dónde vienen?, preguntaban. ¿A quién
habrán salido tan toscas? Alguien mencionó el
nombre gutural de una región, pero era sólo un
sonido, que no aclaraba nada.

En la casa de la señora empezaron a encen-
derse lámparas que no hacían falta y que no se
apagaban sino al amanecer. Carmona solía bajar
a la barranca del río para mirar la casa desde lejos.
La extrañaba como si fuera una persona a la que
había querido mucho y que de un día para el otro
lo había abandonado. A veces creía distinguir a

las sobrinas sentadas al piano, o yendo y viniendo por las galerías, y entonces se daba cuenta de que ellas podían entrar y salir de la casa cuando querían y él, en cambio, siempre estaría de más.

Hacía muchos años que la señora Doncella pensaba dar un baile y abrir las habitaciones que permanecían cerradas desde la muerte de su marido. La visita de las sobrinas le dio por fin el pretexto. Contrató a las mejores orquestas de la ciudad e invitó a cientos de personas. Carmona se imaginó dando vueltas entre todos aquellos desconocidos por los lugares donde él y la señora habían estado solos tantas veces, cantando y viendo cómo la noche era interrumpida por hileras de luciérnagas, y deseó con toda su alma que una desgracia le impidiera ir. Deseó haber nacido idiota, inválido, con las manos encogidas como tantos niños. Deseó que nunca llegara esa noche y que ya mismo fuera el día siguiente.

El baile comenzó con un vals vienés. Resistiéndose a los pasos largos y enérgicos que eran la moda de los ingenios, las sobrinas se movían con una extraña donosura, como si en vez de bailar se abanicaran. Los jóvenes las invitaron una o dos veces, por cumplir, y luego siguieron divirtiéndose con las chicas de siempre.

De pie junto a la mesa de los jugos de fruta, Carmona se dijo que si estaba obligado a bailar, lo mejor era salir cuanto antes del aprieto. Como si le adivinara el pensamiento, la señora Doncella lo tomó del brazo y lo llevó hacia las sobrinas. La más joven tenía la frente cubierta por una cortina de pelo que llegaba hasta los párpados. Los ojos, muy redondos y negros, sin cejas, brillaban escondidos detrás de la espesura. Tendió la mano a Carmona y sin decirle palabra se dejó caer en sus brazos. "Prefiero los valses lentos", le dijo. "Por favor, mueva los pies lo menos que pueda". Ella también tenía una voz de pájaro y su acento era indescifrable, lleno de consonantes aspiradas.

Carmona tuvo la precaución de mantener los pies muy juntos mientras la mecía, por terror a pisarla. El vals terminó sin que ninguno de los dos hubiera hablado, pero cuando arrancó el otro vals siguieron bailando. De vez en cuando, la sobrina sacaba a relucir una sonrisa triste, de dientes oscuros. Sus ojos exhalaban, sin embargo, la fuerza de los que piensan mucho y no están perturbados por ningún sentimiento. Carmona no sabía qué decir, y el silencio le comenzaba a pesar.

—¿Hablan ustedes otro idioma? —se le ocurrió, de pronto.

—Sólo cuando hace falta —dijo ella. Y movió el pelo de tal manera que no se le vieron más los ojos.

—¿Por qué se deja usted el flequillo tan largo? ¿Es una promesa religiosa?

La muchacha lo tomó resueltamente de la mano y, saliendo del salón de baile, lo condujo a través de pasillos por los que Carmona nunca

127

había pasado. Llegaron por fin a un cuarto flanqueado por ventanales de vidrio que daban al río. Se veía pasar la corriente, iluminada por reflectores amarillos, y los cuerpos no proyectaban sombra, como si fuera mediodía. Ella alzó la cara, para que Carmona pudiera verla bien, y se descubrió la frente. La tenía llena de pequeños granitos y espinillas.

—Llevo años con esto y no puedo curármelo —dijo. Aparecieron en sus ojos unas lágrimas pesadas.

Carmona sintió ternura y se quedó mirando el vapor que se levantaba de las aguas. El río arrastraba témpanos gigantescos que se iban disolviendo en las candencias del cauce, pero ni aun así el aire se volvía fresco. Todo estaba contaminado de calor. Carmona no paraba de sudar y cada tanto se enjugaba el cuello con un pañuelo perfumado.

—Serán los polos que otra vez están derritiéndose —dijo la muchacha.

Carmona negó con la cabeza.

—Este río es redondo y no pasa por el polo. El hielo que vemos llega de las montañas amarillas.

Se volvieron hacia la puerta. Entre el marco y el techo había un cuadro repleto de personajes imponentes. El personaje principal era un atleta que representaba a Cristo. Parecía que le faltara el aire, como si llegara de una larga maratón. Cientos de ángeles rechonchos, sofocados, se abrían lugar a codazos dentro de la pintura. Una muchedumbre de ceniza yacía aplastada bajo los cilicios de los mártires y los vientres voraces de las vírgenes.

—¡Dios me libre! —exclamó Carmona.

La muchacha dejó caer una sonrisa comprensiva.

—Es una copia en tamaño natural del paraíso que Tintoretto pintó para el palacio de los duques de Venecia —dijo—. La encargó el marido de tía Doncella.

Todas las figuras aguardaban el paso de la eternidad sentadas sobre nubes plomizas: parecían hartas, ansiosas de que la eternidad terminara. No se veían instrumentos de música ni animales, salvo dos leones de mampostería. La imagen que Tintoretto tenía del cielo era igual a la que Carmona tenía del infierno.

Los cuartos que daban al río estaban decorados con representaciones de paraísos hacinados e irrespirables. Tal vez las conversaciones de Madre y las visitas obedecieran, entonces, a una moda que la señora Doncella había impuesto vaya a saber desde cuándo. Vieron el cielo disciplinario pintado por los hermanos Orcagna para la iglesia florentina de Santa Maria Novella, en el que Dios y su consorte la Virgen vigilaban desde un panóptico cualquier ilusión de fuga que pudieran tener las almas. Vieron el benévolo cielo de parejas homosexuales imaginado por Giovanni di Paolo en el siglo XV; el cielo habitado por almas descontentas que dibujó fray Antonio Polti en 1575, como metáfora de la felicidad suprema; y el intolerable túnel celestial que diseñó Etiènne Chevalier para su libro de horas: las almas bienaventuradas se arrastraban allí hasta por los techos, convertidas en atroces cucarachas.

A lo lejos seguían oyéndose los valses vieneses: pero el sonido les llegaba agónico y desafinado, como el presentimiento de un mundo sin música. Aunque el calor aumentaba, la muchacha tuvo escalofríos y se cubrió con un chal. Ahora era un cuerpo velado por cortinas y flecos, del que sólo se distinguían el cuello y los labios carnosos. Tomó las manos de Carmona y le dijo:

—Cada vez que veo estas pinturas quisiera no morir, porque si voy al cielo nunca podré estar sola.

Carmona sintió el alivio de aquellas manos heladas.

—Tal vez usted y yo vayamos al purgatorio. No le deseamos el mal a nadie y creo que tampoco nadie nos desearía el mal.

—¡Qué castigo tan terrible! —dijo ella— ¿Se imagina? Ir al purgatorio por no haber deseado nada.

—Pensándolo bien, creo que el infierno y el paraíso han de ser lo mismo. Con tanta gente que muere, no ha de quedar ningún lugar íntimo en la eternidad.

❖

Comenzó a caer una lluvia enferma, negruzca. Regresamos a los pasillos de la Filarmónica y nos sentamos en un banco de madera. Carmona sacó del bolsillo un frasquito sorpresivo y bebió dos largos tragos. No sabía que bebiera. Debía de hacerlo a escondidas. El alcohol le consumía las cuerdas vocales como si fueran de fósforo. Qué ganaría bebiendo, digo yo, si ya se le habían esfumado el tacto y el gusto: en cuál no lugar del cuerpo le caerían los ardores de la ginebra. En las blanduras del seso, me dijo él: en los vapores de la memoria. Debí adivinárselo cuando vino a verme con unas partituras perdidas de Nasolini y no quiso marcharse sin cantármelas. La lengua se le enredaba. Pensé que sería la tristeza, o Madre muerta, o el acoso de tanto gato. Erré. Las mediocres estrofas que cantó con un destello último de voz —cascado, como el penoso adiós de la Callas en Londres—, debieron advertirme que no podía durar: que el cuerpo, el tiempo, todo se le desprendía. Que había una fuerza más allá, en el otro lado de la vida, quitándole el aliento.

¿Madre?, me dijo. Ella sólo me oyó en el primer recital. Luego no me oyó más. No soportaba mi voz y creo que mi voz tampoco soportaba verla. Yo sí: yo la deseaba cerca. Que no estuviera allí me llenaba de culpa. Ella me abandonaba, pero me hacía sentir como si fuera yo quien la había abandonado.

Al tercer y cuarto recital que di acudieron músicos de otras partes. Hablaron mucho de mi voz, pero no porque les agradase. Más bien les producía inquietud. Los irritaba. No era una voz como las otras, se comprende. Era una rareza. Aun así, dijeron que causaría sensación cuando la oyeran en la capital. Madre se trastornó: "Tan

131

lejos, tan fuera de mi vista, qué será de vos, Carmona". ¿Creés que se preocupaba por mí? No seas ingenuo. Se preocupaba porque, yéndome, aprendería a vivir sin ella.

¿Y Padre? Ya para entonces vivía doblegado por la voluntad de Madre, en un perpetuo sueño vegetal. No bien caía la tarde, comenzaba a mecerse en su hamaca de mimbre, pensando en nada. A cualquier cosa que le preguntáramos respondía fatalmente: "Yo no sé nada. Que lo diga Madre". Y Madre no me dejaba marchar.

¿No te dejaba marchar, Carmona? Yo la oí siempre contar tu viaje de otra manera. La oí decir: "A mi hijo jamás le prohibí nada. Si algo no hizo fue porque él mismo se lo prohibió". ¿Y le creíste? ¿A vos también te confundió? Madre, ante los demás, defendía mi viaje a la capital para no contradecir a la señora Doncella. Pero cuando estábamos solos me decía: "Por mí hacé lo que quieras, Carmona. Yo no soy la que va a vivir tu vida. Pero tu voz sufrirá las consecuencias. Todavía está inmadura. Se te podría quebrar. ¿Para qué exponerla tan pronto? ¿Quién te corre? Todos quieren sacarte algún provecho. Yo no: soy tu madre".

De aquellas conversaciones salía desgarrado. La voz se me llenaba de dudas. Un día me dije: No esperés más, Carmona. Había un tren, recuerdo, los domingos a la madrugada. Atravesaba la llanura en línea recta y entraba en la capital el lunes por la tarde. Nunca lo he dicho a nadie: quería partir para no regresar.

El viaje en tren

LA LOCOMOTORA SILBÓ por segunda vez y, aunque Carmona ya se había despedido de todos al oír el primer aviso, hizo un esfuerzo para volver a saludar a sus hermanas. El tren resopló y empezó a moverse. Las gemelas corrieron por el andén, de la mano de sus novios, gritándole que mandara postales de la capital. Tanto ellas como los novios parecían haber olvidado sus fuerzas en otra parte: era domingo de madrugada y el baile de la noche los había marcado con unas ojeras hondas, de las que cualquier alegría se evaporaba con facilidad.

A medida que el tren se alejaba de la estación, Carmona vio más y más damas agitando pañuelos y llorando tras los tules de sus abanicos.

Madre no: ella sonreía. Tenía clavada en la cara una sonrisa que no era suya. La había copiado con esmero de la señora Doncella, que también estaba sin dormir y se cubría el desvelo con grandes anteojos negros.

"Apenas lo oigan cantar ya no lo dejarán volver", dijo la señora cuando Carmona estaba por subir al vagón. A Madre se le enturbió la mirada y Carmona sintió culpa por causarle tantas tristezas. La noche anterior, Madre le había insinuado de mil maneras que suspendiera el viaje. Estaba llena de malos presentimientos. "¿Cómo harás para cruzar solo esas enormes calles de la capital? Quién sabe qué te darán de comer, si es que te dan algo. ¿Y la voz, Carmona? Nunca han oído una voz como la tuya. ¿Qué harás si en medio del recital el público se levanta y te deja solo?" Todas las dudas de Madre eran razonables y, cuando pensaba en ellas, Carmona deseaba que en su vida nunca hubiera sucedido nada y que su cuerpo siguiera navegando en el útero cálido, sin preocupaciones de ninguna clase. Sus manos sudaban y ya no querían seguir asomándose a la ventanilla para decir adiós.

Con la cabeza descubierta y los quevedos colgando sobre el chaleco, sujetos por una cadena de oro, Padre se veía empequeñecido, como si estuviera sobrando y pidiera perdón por no poder estar en otro lado.

El tren dejó atrás las plantaciones de caña de azúcar y se internó en el desierto. Una fina niebla de polvo entró en los vagones y apagó la luz de los objetos. Los pasajeros respiraban con la nariz cubierta por un pañuelo mojado, y sobre las cabezas el viento tejía una telaraña.

La gente iba y venía por los pasillos en busca de fuentes de agua para lavar los pañuelos, pero antes de regresar a sus asientos ya los tenían convertidos en estropajos. La incomodidad no les impedía tocar la guitarra, jugar a las cartas y repartirse las presas de pollo hervido que llevaban en cacerolas de loza. Frente a Carmona estaban sentados tres viajantes de comercio. La nuez de Adán les saltaba arriba y abajo del cuello de la camisa al compás de las palabras. Eran vendedores de herramientas; no cesaban de comparar listas de precios y de disputar sobre la calidad de las muestras. De vez en cuando abrían unos valijones repletos de clavos y hojas de hacha, exponiéndolos con arte ante los otros pasajeros y obligándolos a intervenir en la discusión.

Un par de matronas enlutadas llegaron a última hora y suplicaron a Carmona que les cediera el asiento junto a la ventana. Venían de un pueblo remoto y la combinación de trenes las había retrasado. Una de ellas sufría de molestias en el páncreas desde la primera menstruación; en verdad no se recordaba a sí misma sin ese dolor perpetuo en la boca del estómago, que se le irradiaba por la espalda: la víscera se abría en súbitas flores que le teñían la piel de amarillo, y luego sentía invencibles ganas de vomitar. El vómito hubiera sido un alivio, pero nunca estallaba de veras. Sólo se anunciaba con un tropel de náuseas y, cuando ya había subido a la mitad del pecho, se desvanecía.

—Nadie podría imaginar este tormento —dijo la mujer—. Una creería que la muerte ha pasado, y es sólo entonces cuando la muerte empieza.

Las dos matronas conocían al dedillo cada capricho de la enfermedad y cuando describían el páncreas lo hacían con versación abrumadora. Hablaban de litiasis y simpatectomías bilaterales como si todo el mundo supiera qué era eso. Carmona temía que lo forzaran a intentar algún comentario, pero se dio cuenta de que las conformaba tosiendo cada tanto o acomodando un "Ajá" en cualquier hueco del relato.

Mientras tanto, dejaba que corriera su imaginación. Había leído que la capital era como las ciudades de Kublai Kan, habitada por personas que no se conocían y debían comunicarse los sentimientos con la mirada cuando se cruzaban por la calle; atravesada por puentes de toda especie sobre canales sin agua; con grandes cementerios a los que acudía la gente a tomar el té y palacios de mármol construidos sólo para homenajes de la mirada, a los que nadie podría entrar jamás.

Se abandonaba al placer de imaginar, dejando que los detalles fueran acomodándose a la veloz corriente de sus esperanzas, a sabiendas de que la realidad llegaría en algún momento y le corregiría los sueños. Pero hasta que eso sucediera, la capital sería suya y no tendría que compartirla con nadie. Las imaginaciones lo adormecieron y, aunque las matronas seguían asediándolo con nuevas descripciones de las esponjas del páncreas, él reclinó la cabeza en el vidrio de la ventanilla sin la menor culpa y sin forzarse a parecer cortés, como siempre hacía.

Despertó cuando ya el tren estaba detenido en la ciudad siguiente. El viento que soplaba desde las minas de sal levantaba un polen que se convertía en gárgolas, minaretes, hongos: caprichosos y soñolientos como las formas de las nubes. El horizonte estaba cortado por enormes conos de sal apilada, a los que trepaban filas de cargadores, con cestos de paja pendiendo de los extremos de una vara. Todos habían visto la blancura de las salinas en los mapas, hendida por la misteriosa cicatriz de la zanja, pero ni los mapas ni las fotografías revelaban la naturaleza verdadera del osario donde iba a internarse el tren: millas de nada temblando bajo una luz que también estaba muerta.

Las matronas paseaban por el andén hirviente de la estación, en el que vendedoras de quesillos y tortugas se peleaban a los gritos. Junto a las boleterías, los viajantes de comercio desplegaban ante los aldeanos sus muestras de bisagras y serruchos. Carmona dejó unas pocas partituras sobre el asiento, para que nadie lo ocupara, y fue al baño a refrescarse. Sacudió la camisa llena de polvo y se lavó la cara. En el encierro maloliente del baño sintió que el tren se ponía en marcha y que otra vez se repetían los silbatos y los adioses.

Cuando volvió al vagón, una pasajera nueva estaba ordenando sus enseres sobre el asiento de los viajantes. Llevaba una batería de teodolitos, sextantes y compases en valijones mal cerrados. El sol le había resecado la piel, y el pelo áspero, sujeto de cualquier manera con una vincha de telar, le daba aspecto de india. No era una mujer hermosa, pero Carmona no pudo apartar los ojos de ella durante largo rato. Quería poner sus ojos en otra parte pero en seguida regresaban por su cuenta a un pequeño pliegue entre las cejas de la mujer, como si hubieran pertenecido siempre a ese lugar y no encontraran razón para marcharse. La mujer le correspondía de tanto en tanto con una sonrisa de soslayo, en la que había algo falso, un signo de alarma. Carmona no imaginaba qué podía ser hasta que lo descubrió: era la misma sonrisa de Madre.

Hubo como una hora de silencio en la que sólo se oyó, a lo lejos, el chasquido de unos naipes. La planicie se volvió amarilla y terminó por fundirse con el sol. De pronto, sin razón alguna, la gente se alborotó y empezó a destapar los cestos donde llevaba la comida. Al vagón entraron en oleadas sollozos de niños y quejas de hombres, empujando el silencio hacia la desolación de las salinas. Carmona, que había cerrado los ojos, sintió que las matronas adulaban a la recién llegada con esas cortesías que a simple vista resultan imperceptibles. Las oyó carraspear con educación y tensarse el rodete con horquillas.

—¿Sabían que viaja con nosotros una vidente? —pregonó la enferma del páncreas—. Apenas me acerqué a ella en el andén supo lo que los médicos han tardado años en descubrir. "¿Alguien la está curando de su litiasis?", me preguntó. "Ya no pierda más tiempo. Hágase quitar los cálculos de una vez". Me quedé muda.

—Todavía no hemos podido reponernos de la impresión —confirmó la amiga.

—Por Dios, ¡si no fue nada del otro mundo! —dijo la recién llegada—. En las minas de sal he visto a enfermos de páncreas por docenas. Se intoxican aspirando los cristales y en cuestión de meses les brotan cálculos filosos que los desangran por dentro. Cualquiera que haya subido a los pilones no tarda en reconocerlos. Qué voy a ser vidente. Soy historiadora. Vine acompañando a una expedición de topógrafos que tratan de medir lo que aún queda de la zanja. Yo quedé exhausta. Esa locura me agotó. Pero los demás piensan seguir el rastro hasta las montañas amarillas.

—No se puede entrar ahí —dijo Carmona.

—Hay galerías por abajo, cavernas que nadie ha visto. Tarde o temprano van a llegar, arrastrándose como topos. Yo no. Me basta con lo que ya conozco. Una zanja como ésa sólo se puede cavar por terror o por delirio. ¿Cómo serían los hombres que la hicieron? Me lo pregunto cada día y no puedo imaginarlos. No han dejado ninguna anotación: sólo unas pocas listas de gastos en los archivos de la Tesorería...

Dándose una palmada en la vincha se volvió hacia Carmona:

—¡Ahora sé quién es usted! Fui a oírlo cuando cantó los madrigales de Purcell. Me lo habían dicho más de una vez: Ese hombre tiene una voz prodigiosa, Estrella. Mi nombre es Estrella. Y yo pensé: ¿Valdrá su voz el viaje? *Vaut-il le voyage?* Hice una fila de dos horas en la boletería de la Filarmónica y lo único que conseguí fue primera fila del paraíso. Apenas empezó el recital perdí noción del lugar y hasta de mi cuerpo. No sentía el cuerpo. Mejor dicho, lo sentí en su voz. Yo estaba en las nubes. Y ahora, quién lo hubiera dicho: aquí lo tengo. Podría tocarle la voz con la punta de los dedos...

Carmona se había ido encogiendo en el asiento. Quería estar lejos de allí pero a la vez no quería irse. Le fluía una luz suave desde adentro, que reflejaba otra luz más honda y desconocida.

—Le agradezco mucho —balbuceó. No bien lo dijo, se dio cuenta de que la voz le había salido sin permiso, y que el mero deseo de salir la volvía menos extraña.

—Fíjese en lo que son las casualidades —comentó una de las matronas—. Cuando algo tiene que pasar, pasa.

Ya no quedaban árboles en el paisaje. El tren estaba dejando atrás las grandes salinas y ahora el desierto era una costra granítica y estriada, en la que ni siquiera se movía el polvo. La soledad era tanta que no había lugar para nada más. A intervalos irregulares brotaban unos montículos amarillos en forma de hormigueros.

—¡Miren allá! ¡La zanja! —Los viajantes de comercio se alzaron de los asientos al unísono.

—La he visto no sé cuántas veces y nunca parece la misma —murmuró uno de ellos, con respeto.

Al paso del tren, el vacío se desbandaba. Sólo irrumpían unos pocos escombros súbitos: diez, doce montículos en sucesión, y luego nada: las cosas volvían a eclipsarse.

❖

La zanja volvería una y otra vez a los recuerdos de Carmona durante los meses que siguieron. La soñaba como si no estuviera excavada en el desierto sino en los laberintos de una ciudad que nunca terminaba. Su memoria discernía las ligeras hebras de nubes que se estaban disolviendo en el cielo cuando vio la zanja por primera vez, las vigas de madera cuarteada que apuntalaban los escombros de adobe; pero sobre todo recordaba a Estrella hablando en el tren hasta que cayó la noche y una luna redonda, incandescente, convirtió el desierto en un estanque.

Eran hechos monótonos, de los que sólo importaba el fin. El oscuro principio de la zanja era una sucesión de batallas perdidas con los indios, cien años antes. Los ejércitos de las prósperas aldeas diseminadas en las llanuras del este, impotentes para contener las embestidas de las tribus nómades, ordenaron construir un foso de doscientas leguas para la defensa. Según los planos, nada po-

141

dría cruzarlo, ni los caballos ni las flechas de los invasores. Eligieron para el trabajo a un zapador japonés llamado Ikeda, que viajaba con la esposa y un hijo recién nacido. "Quiero una muralla como la de los chinos", lo instruyó el autor de la idea. "Pero constrúyala hacia abajo".

Tantas veces había imaginado Carmona cómo eran los Ikeda que le pareció natural encontrarlos en el relato de Estrella y vislumbrar sus siluetas desde el tren: el japonés inclinado sobre la llanura vacía, sudando a mares entre azadas y taladros, y la mujer amamantando al niño a la sombra de un parasol. A lo lejos se movía un río de hombres, desesperados no tanto por la brutalidad del esfuerzo como por la irremediable desolación de sus vidas. Llevaban años cavando y no oyendo otro sonido que el de sus historias, aún más monótono que el de las palas. Hubo un momento en que dejaron de saber adónde iban y qué sentido tenía la excavación interminable. Avanzaban por inercia, porque ya no podían volver atrás o por miedo a volver y que estuviera esperándolos la nada.

La excavación, había contado Estrella, comenzó a orillas del océano. Al mes ya se había internado en el vacío, a través de una línea de escuálidos fortines. Cientos de hombres llegaban a diario para echar una mano y recibir a cambio las raciones del ejército. Los diezmaban el tifus, la insolación, las picaduras de los alacranes, pero no desfallecían. Cualquier fatalidad era preferible a la vida que habían dejado.

Al principio divisaban a lo lejos las fogatas de las tolderías y oían el galope de los caballos indios. Después no vieron nada: ni árboles ni aves. Cuando salían de la zanja y caminaban a la intemperie, el polvo era tan denso que, para sentirse vivos, cantaban. A veces ni siquiera oían el propio canto y dejaban de pensar en sí mismos como seres humanos. Sólo cuando bajaban a la zanja sentían la realidad.

En los recuerdos de Carmona ninguna imagen era tan fuerte como la del niño. Ese único, indefenso brote de persona que dependía de una madre sin pechos casi, había sobrevivido a las tormentas de centellas, a las disenterías y a las ciénagas sin doblegarse nunca, con más entereza que los adultos, creciendo apenas lo indispensable para no extinguirse, o tal vez no creciendo, porque al final del viaje, muchos años después, seguía usando los mismos pañales estropeados del primer día. "El niño era tal vez el único que sabía dónde iban", había dicho Estrella.

Al final del verano estaban ya tan lejos de las aldeas que las carretas del ejército dejaron de llevarles víveres. Desertaban los hombres, se les rompían las herramientas. Pero la excavación no cesó. Construyeron una zanja más estrecha, sin desagües. Había tramos de construcción tan precarios que semejaban galerías de topos. Ikeda insistía, sin embargo, en que así eran las órdenes en los planos originales, y todas las mañanas se levantaba con el mismo ánimo para reparar las azadas y afilar las palas.

Unos pocos hombres fieles lo siguieron hasta el arenal donde terminaban los mapas. Estrella conocía unas estampas pintadas por Cándido López que describían la modesta tienda del jefe de la expedición, el semicírculo de zapadores tomando mate, y la silueta impasible de la esposa debajo de un parasol, con el hijo en brazos.

Aunque dejaron de distinguir las noches y los días, hubo una noche en que avistaron la salina. Los hombres tuvieron miedo de avanzar, pero ninguno lo dijo. Ikeda se dio cuenta de que lo abandonarían apenas dejara de vigilarlos. Hizo, entonces, lo que nadie esperaba.

Tendió un gran lienzo blanco junto al extremo del terraplén y sacó un cilindro metálico del baúl que guardaba en la tienda de campaña. Lo asentó sobre un trípode y conectó sus cables terminales a una pequeña dínamo. "Esto es el cine", anunció.

Nadie había oído hablar del cine en 1870 pero, a diferencia de ahora, los hombres creían en lo que veían. Ante sus ojos resucitó el mismo camino que habían dejado atrás. Vieron las manadas de linces y gatos monteses que los acosaban desde lo alto de los árboles. Oyeron sus propias rencillas del día anterior y el chasquido de los dados en el juego de otra noche. Se vieron tal como estaban entonces, de pie junto al confín último de la zanja, viendo un pasado que no cesaba de suceder. Luego, sin razón alguna, el tiempo cambió de dirección y la pantalla los mostró excavando en la salina con las herramientas melladas y adentrándose cada vez más en un mundo impalpable. A lo lejos, entre las cegadoras señales de la luz, distinguieron un punto en el que la luz, henchida de sí misma, empezaba a quemarse. Yendo de lo negro a lo invisible, el punto de luz dibujaba un arco que se reflejaba en otro más alto aún, y en otro, donde cabían el sol del atardecer en la isla de Pascua y el de la mañana siguiente en el mar de las Filipinas, como si ésa fuera la fuente original de la que manaba el cielo.

El paisaje de la pantalla se adelantó vertiginosamente y se detuvo ante el objeto de luz. Era un huevo traslúcido, de sal y ópalo, cuya entraña latía con la ansiedad de un corazón humano. Yacía en lo profundo de la trinchera y más allá brotaban los manantiales de las montañas amarillas.

La historia de la zanja solía volver a los recuerdos de Carmona cuando velaba las anginas de Madre o cantaba madrigales de Purcell en la mansión de la señora Doncella. Aunque la belleza y el horror de la historia le lastimaban a veces el corazón, jamás había compartido con nadie una sola palabra de todo eso. La intemperie, la inútil construcción en el desierto, el río de hombres expuestos a la nada, la imagen de una luz donde aparecía la eternidad eran el único bien que iba a llevarse de este mundo.

El japonés apagó la máquina y las tinieblas los envolvieron. Con una voz que no era la suya, reveló que el huevo de luz era lo que en verdad buscaban desde el principio del viaje. Las privaciones, los meses de soledad, las fatigas de la trinchera habían sido la condición necesaria para alcanzar ese fin.

Alguien encendió entonces un farol de querosén. El japonés se creyó en la obligación de explicar: "Lo que han visto no tiene explicación, pero cuando lleguemos a la luz ya nadie necesitará preguntar nada".

Con la punta de las botas, los hombres restregaron el suelo. Uno contestó, sin levantar los ojos: "Yo no voy a seguir". Y los demás dijeron: "Aquí se ha terminado el trabajo. Las mulas están listas. Vamos a despedirnos al amanecer".

En ese punto, la historia se volvía confusa. La voz de Estrella caía en súbitos apagones o se perdía, tal vez, en el sueño de los oyentes. Como siempre, recordaba Carmona, Ikeda y sus hombres habían dormido aquella noche a la intemperie. Pero al amanecer se desencontraron. Soplaba un viento feroz y el aire estaba lleno de sal. No había huellas ni voces: sólo las chispas infinitas del sol que se reflejaba en los cristales. El viento amainó cuando se marchaban y las montañas amarillas aparecieron a lo lejos.

❖

Mucho antes de que Estrella terminara su relato, el tren aceleró el paso y entró en la oscuridad. Los viajantes de comercio iban y venían por el pasillo, contando en alta voz chistes procaces que nadie festejaba. Al fondo del vagón varios grupos que jugaban a las cartas terminaron por atraerlos. Apostaban porrones de ginebra y alguien los entretenía rasgueando una guitarra.

Cuanto más se internaban en las honduras del desierto, más real parecía la vida en el vagón. Desde hacía rato, la enferma de páncreas y su acompañante dormían, con las cabezas juntas y los ojos abiertos. Estrella se había quitado las botas y trataba de recostarse sobre su mochila, pero los salientes del compás y del sextante se le clavaban en la espalda. Luego de una breve lucha decidió instalarse al lado de Carmona. Con toda naturalidad le apoyó la cabeza en los hombros y también se adormeció. Él se quedó rígido, desvelado.

Unas horas después el tren se detuvo. Las luces del vagón estaban apagadas y la noche fluía pálida, absoluta. Por los altavoces, el conductor anunció que la locomotora sufría una pérdida de presión y que tardarían algún tiempo en repararla. Los guardas se afanaban en los pasillos, alumbrando a los pasajeros con unos faroles verdes.

Las matronas despertaron sobresaltadas y cuando les dieron la noticia se pusieron a sollozar.

—Dios no es justo —protestó la enferma—. Primero me manda la maldición del páncreas y, cuando por fin descubro al médico capaz de curarme, no me deja llegar a tiempo.

—Si se queja de Dios nunca saldremos de aquí —le advirtió Estrella—. Hay que tener cuidado con los ojos y oídos que tiene Dios en estos lugares. Todavía no hay por qué inquietarse. Sea valiente y séquese el llanto.

—Usted es una santa —comentó la matrona, limpiándose con un pañuelo perfumado.

—Lo único irremediable es que ya no podré dormir —suspiró Estrella—. Para mí la noche se ha terminado.

El sueño no le había hinchado los ojos y, aunque, faltaba mucho para el amanecer, su cuerpo estaba amaneciendo desde hacía rato. Se inclinó sobre Carmona y lo invitó en voz baja:

—Bajemos a ver la zanja. Nunca conocerá nada igual.

—Está muy oscuro —dijo él—. Podríamos caernos.

—Afuera hay luz —lo alentó ella—. Desde aquí no se ve, pero hay más luz que si fuera de día.

Carmona lo descubrió al salir del vagón. Las estrellas saturaban la intemperie. A lo lejos fosforecían las osamentas. Avanzaron sobre una tierra que parecía impenetrable: hebras de roca, de salitre, filos de sílice. Casi en seguida debieron remontar la cuesta erosionada del antiguo terraplén. Aluviones de greda y rollos de espino habían cubierto el fondo de la zanja, pero aún quedaban restos de las paredes de adobe y señales de una vida remota: un cedazo, un punzón roído por la herrumbre, el tablón de una mesa.

Se detuvieron en uno de los labios de la zanja. Ascendía tanta luz desde las ruinas que Carmona sintió vértigo. Y a la vez una paz intensa, deseos de quedarse allí para siempre. Para no perder el equilibrio debió aferrarse a la cintura de Estrella. La sangre pasaba por allí como una rápida fogata y, cuando se apagaba, Carmona sentía un profundo desamparo y el presentimiento de que todas las felicidades que alguna vez había imaginado estaban por acabar: las felicidades que nunca viviría también estaban por acabar. Le vino a la memoria una imagen que había leído en el Infierno del Dante: "Estábamos solos, sin ninguna sospecha". Y trató de recordarla en italiano, para no desfigurar su belleza: *"Soli eravamo e sanza alcun sospetto"*. Ahora reinaba la misma emoción: el tiempo aleteaba, solitario, y en ellos no había sospecha porque el pasado no existía. Ninguno de los dos sabía quién era el otro; quién, por fin, era quién.

Aunque las palabras estaban de más, ella habló:

—No van a dejar que seas feliz. A la gente como nosotros no le permiten ser feliz. Yo nunca lo he sido, ¿sabés?

Carmona sintió el tuteo como una caricia.

—¿Nunca? Si alguien me hubiera preguntado cómo es la felicidad, yo habría dicho: Es una mujer que conocí en el tren.

Ella se llevó las manos a la boca y, como sus dedos eran traslúcidos, él la vio sonreír. Reconoció la sonrisa de soslayo que se parecía tanto a la de Madre. Como si le adivinara el pensamiento, la mujer murmuró, mirándolo a los ojos:

—Ojalá hubieras sido mi hijo.

En eso, el tren silbó: primero sin convicción, como un convaleciente; luego dos veces más, largas y firmes.

—Ya todo ha pasado —dijo Estrella—. Tenemos que irnos.

—No —se resistió Carmona—. No vayamos.

Trataba de aferrar el instante pero no sabía cómo hacerlo. Ningún instante, nunca, había querido quedarse con él.

—No has visto este lugar de día, Carmona. No lo has visto. Estamos en el medio de la nada. Si nos quedáramos sería para morir.

—No importa.

Ella escondió su impaciencia y le habló como si fuera de verdad su hijo:

—Éste es un no lugar, hecho para ninguna cosa. Miles de personas lo cavaron para nada. Aquí perderíamos todo, hasta la sensación de que estamos muriendo. ¿Cuánto tiempo más creés que seguiríamos vivos?

El respondió en voz baja:

—La eternidad.

Corrieron hacia las vías sin mirarse. Al pie de los vagones el viento amontonaba cardos rojos y secos. Carmona la ayudó a subir y, cuando estaban por alcanzar los pasillos, le dijo:

—Gracias a Dios, usted no es Madre.

La mujer le rozó la frente con la punta de los dedos y después le volvió la espalda, como si nunca lo hubiera visto. Carmona habría querido corresponderle con algún gesto, pero por más que buscó no pudo encontrar ninguno. Ya no podía devolver nada, ni tan siquiera recibir. Estaba lleno de vacío.

Antes de que se dieran cuenta salió el sol. El tren atravesó un túnel y luego los degolló la luz. Los edificios de la capital se les vinieron encima. Vieron ríos, puentes hilvanados por el trasiego de los camiones, iglesias erizadas de arbotantes y, al pie, los caseríos grises con techos de hojalata y los muros donde la gente inscribía insultos clandestinos para desahogarse.

Cuando avistaron la estación, Estrella reunió sus enseres, se los echó al hombro y se adelantó en el pasillo, sin permitir que Carmona la siguiera. De pronto parecía ansiosa, desconocida.

—Tengo que salir cuanto antes —explicó—. No puedo hacer perder tiempo a los que me esperan.

Él se esforzó por volver en sí, a lo que había sido antes de subir al tren, pero una parte de su cuerpo seguía enredada en el paisaje de la zanja, y en las infinitas cosas que le habían sucedido allí sin sucederle. Alcanzó a gritar:

—¡Vaya al recital, Estrella! Dejaré una entrada para usted en la boletería. —Y en voz más baja dijo—: Por piedad.

Oteó el andén repleto: las personas se trenzaban unas con otras, y parecía que nunca fueran

151

a desenmarañarse. Distinguió a la matrona del páncreas trotando hacia la salida, del brazo de su compañera. Vio desembarcar una carreta de cardos rojos, iguales a los que crujían en los estribos del tren. Perdió a Estrella en la multitud, pero se consoló pensando que los hombres pierden sólo lo que nunca han tenido.

Esperó junto al vagón que vinieran a buscarlo. El empresario que organizaba su recital le había advertido que alguien se presentaría en la plataforma llevando un cartelito con su nombre. Sintió la opresión de las cúpulas de vidrio y de las vigas arqueadas que colgaban del techo de la estación como bóvedas de convento. La inmensidad lo mareaba. Avanzó unos pasos y trastabilló. El hombre que lo ayudó a levantarse le dio un abrazo. Por un momento, Carmona creyó que estaba imaginando la escena. Pero en el andén ya no quedaba nadie más que ese hombre, y el tren vacío retrocedía hacia otra parte.

Se llamaba Romano y era un primo de Padre que vivía en la capital desde hacía mucho. Un invierno, cuando la voz aún estaba en su época de muda, el primo llamó a Carmona delante de las visitas y, tomándolo de las muñecas, lo obligó a mostrar las palmas de las manos. "Vean esto", dijo. "Las palmas se le van a llenar de pelos, por el abuso de ejercicio". Las visitas rieron a carcajadas y Carmona, sin saber por qué, se avergonzó. Tiempo después supo que en el lenguaje popular los pelos en las manos eran signo de masturbaciones desenfrenadas: él no se masturbaba todavía, pero cuando le dio por hacerlo, y tantas veces que sólo poniéndose bolsas de hielo se le apagaban las ganas, se escrutaba las palmas con una lupa temiendo que le creciese de veras algún vello delator. Entonces, la imagen burlona del primo le revolvía la memoria, dejándole una resaca de indignación. A pocas personas había llegado a odiar tanto como a Romano. Tal vez a nadie, fuera de Madre y Padre.

Avanzaban por el andén. El primo lo guiaba del brazo hacia el café de la entrada mientras repetía: "Tenemos que hablar".

Carmona no entendía para qué: no conseguía saber en qué tiempo estaba ni en cuál lugar equivocado había caído. Simplemente se dejaba llevar por la corriente de las cosas. Pero también quería alejarse de Romano.

—Si estás acá, sabrás que doy un recital mañana —dijo—. Necesito ensayar y es poco el tiempo. Tengo que encontrarme con los músicos. No sé ni quiénes van a acompañarme. —Hablaba a borbotones, con la esperanza de que el primo olvidara lo que había venido a decirle y se marchara de una vez.— Debería ensayar con una viola da gamba, un cello, y no sé si podrán conseguirme un clavecín...

El primo asentía. Carmona creyó vislumbrar en él una expresión de superioridad. Atravesaron vallas de baúles y cajas de cartón antes de alcanzar, por fin, una mesa vacía en el salón inmenso. A espaldas del mostrador, una radio a todo volumen difundía las emociones de un partido de fútbol. Los pasajeros tenían los sentidos aferrados a la voz del locutor y la comida se helaba en los platos.

—He pedido que suspendan el recital —dijo el primo.

La noticia tardó en llegar a la conciencia de Carmona. Cuando por fin llegó, ya se le había instalado una sonrisa en la cara. ¿Por qué sonreía? Era un misterio: la sonrisa iba y venía sin tomar en cuenta sus sentimientos.

—Madre tuvo un ataque al corazón. La internaron en una clínica y no saben si resistirá. Vas a tener que volver.

—¿Ahora?

—En el mismo tren en que viniste. Sale a las once de la noche.

Imaginó a Madre agonizando mientras él la traicionaba a orillas de la zanja. Qué vergüenza era haber sido tan feliz, Dios mío. Sintió, de pronto, que el amor por Madre lo embargaba, tan intensamente como antes la había odiado. Madre era la única persona que podía llamar suya, y si la perdía se perdería a sí mismo. Tal vez lo más correcto fuera ponerse a llorar. Lo que sintió, en cambio, fue ansiedad por saber qué había pasado.

—¿A qué hora fue el ataque? —preguntó.

—Como a las tres de la mañana —dijo el primo— Me levanté y llamé por teléfono a la estación, para saber cuándo llegarías. Me informaron que la locomotora se había roto y que estaban detenidos en el desierto.

—¿Madre está lúcida?

—Preguntó por vos toda la noche. No podía casi respirar, y sin embargo te llamaba.

—La mano del amo —murmuró Carmona.

—¿Qué es eso? —se intrigó el primo.

—Nada, nada. Son palabras con las que Madre me enseñó a leer.

El primo no quería engañarlo y le advirtió que, si se marchaba, como era su deber, no podría volver a la capital por un tiempo. Se avecinaba la temporada de las orquestas, y los cantantes debían esperar hasta el año siguiente. Ni siquiera le quedaban suficientes horas para conocer la ciudad: apenas para un paseo fugaz.

Carmona prefería no abandonar la estación. Tenía la esperanza de que Estrella hubiera olvidado algo y reapareciera. Luego se dio cuenta de que sería más fácil encontrarla en la calle, por casualidad.

Dieron algunas vueltas por un laberinto de avenidas densas de ventanas. Todas estaban cerradas y no se veía un alma. En cualquier dirección que se movieran, las torres de la estación seguían a la vista, con sus grandes cúpulas como lomos de camello. Llovía a cántaros. Por los tejados se paseaban los gatos. Caminaron por una plaza donde la gente practicaba en silencio sus oficios: talabarteros, ebanistas, encuadernadores. Nada tenía ya el mismo significado para Carmona. Nada era como había sido en su imaginación. En algún momento, cuando volvían, pasaron frente al teatro donde iba a darse el recital. Uno de los afiches anunciaba, en pequeñas letras rojas, el título de los madrigales. Algunos hicieron sonreír al primo: "¡Despierta, Quimera!", de la ópera *Diocleciano*; "Madre, ya no me esperes más", "Oh, cuán feliz es él" y "El amor tomó mi mano": todos de Henry Purcell, compuestos para contratenores o castrados. Carmona sintió que la desdicha estaba dondequiera. Lo que llovía era también desdicha y las personas que pasaban tenían mojada la cara por una lluvia que debía ser llanto.

La excursión

NUNCA PUDE RECORDAR cómo fue el viaje de regreso, me dijo Carmona. Llovió en el desierto, creo. Y se inundó la zanja. Debería recordarlo porque era yo el que yacía en esos escombros. Si no recuerdo es porque nada quedaba por recordar. Mi vaciedad, tal vez: era lo único que yo tenía.

Lo peor de todo fue que la enfermedad de Madre resultó una falsa alarma. Ella sufría de palpitaciones: había nacido con uno de esos soplos al corazón que suelen dar desmayos. En aquella ocasión el malestar había sido más serio y tuvieron que internarla. Estuvo toda la noche de mi viaje bajo una carpa de oxígeno. Cuando llegué a la clínica, ya había despertado del coma y hasta podía sentarse. Yo no quería que vinieras, Carmona, me dijo. No quería. ¿Por qué viniste? Te quedaste sin el recital. Eso es un crimen. ¿Cómo no iba a venir, si me estabas llamando en el delirio, Madre? Dicen que casi no tenías fuerza para respirar y sin embargo me llamabas. No quería, siguió repitiendo ella. Pero en cuanto supo que había tomado el tren de vuelta empezó a recuperarse.

Aquélla fue, me parece, la última vez que vi a Carmona. Entré en el baño de un bar, y allí estaba él, mirándose las manos al espejo. Las tengo sucias, ¿no te parece?, dijo. Era verdad: estaban manchadas de costras negras. No puedo lavarme, dijo. No siento el agua. Lo peor es cuando consigo lavarme y me trato de secar. Froto las manos en las toallas y tampoco siento. Si no tuviera el recuerdo de las toallas podría soportarlo. Pero cuando veo cómo las toallas cambian de color con la humedad de mis manos, recuerdo la suavidad de aquellos poros de algodón que se abrían para secarme y el perfume campestre con que las impregnaban en la lavandería. Entonces prefiero ponerme lejos de las toallas y del agua y apagar esos recuerdos. Que me hayan abandonado los sentidos no duele tanto. Lo que duele es recordar cómo era yo cuando los tenía.

Salimos a caminar por el parque de la ciudad. Alrededor estaban construyéndose las mansiones de las familias que habían despoblado los campos de caña y se enriquecían especulando en las mesas de dinero. Todas copiaban la geometría de

Versailles, con techos de pizarra en pronunciado declive, para facilitar la caída de la nieve. Aunque la temperatura bajaba rara vez de los treinta y cinco grados, nadie perdía la esperanza de que cayera nieve.

Las familias golondrina sin trabajo merodeaban día y noche por la ciudad escarbando en la basura y pidiendo limosna. Dormían en el atrio de los templos y arruinaban las delicadezas del paisaje. Para que pudieran pagar los pasajes de vuelta a sus aldeas, las damas de los ingenios organizaban continuos festivales de beneficencia. Carmona había cantado en algunos y estaba comprometido a cantar otra vez.

¿Lo harás Carmona?, le pregunté. Faltaba una semana para la siguiente kermesse y su nombre aparecería en los anuncios. Cantar todavía no, por el luto. ¿Leer poemas, tal vez? Ya lo había hecho una vez, después de morir Madre: algo de García Lorca, de Neruda, una elegía de Raúl Galán. Los buenos sentimientos habían arrancado lágrimas a las damas. Entonces aún conservaba los modales, la limpieza. Llevaba un traje algo lustroso y la camisa túrbida de almidón.

Lo mimaban. Hasta se diría que estaba de moda. ¿Pero y ahora, con ese aspecto? Haré que los gatos crucen el río a nado, me dijo. Es algo que nadie ha visto.

En ciertas vidas las cosas pasan y no dejan huellas. En la de Carmona, todo, aun lo nimio, más que nada lo nimio, lo marcaba a fuego. Todos decían: ya se te evaporó la voz, Carmona. ¿Y no fue así?, dije yo. Mi voz seguía tal cual. Lo que se estaba yendo eran mis sentimientos. Cuando me oían en los recitales, pendientes de mis agudos, de los malabarismos del aliento, solían pensar: he ahí a la voz. Para todos, mi voz era sólo el timbre, lo mecánico. Esa garganta, creía la gente, es un milagro de la naturaleza. No eran las cuerdas, sin embargo: las hebillas vocales. Lo que ponía de pie a la voz eran las emociones. Era ésa la hoguera que veías. Íbamos de un banco del parque a otro. De los follajes se desprendía un rocío pringoso como el de las higueras. La llovizna dejaba sobre los poros una crispación blanca, obligándonos a huir de la sombra y a refugiarnos en la intemperie. Pero los aguijones del sol también dolían. A veces, mientras yo le hablaba, veía temblar la garganta de Carmona: como si estuviera por cantar. Y sin embargo, el canto había emigrado de allí. Quedaba sólo el temblor.

❖

Pasaron los veranos, y los generales, cada vez más inquietos por la proliferación de guerrilleros en las áreas boscosas, ordenaron explorar las montañas amarillas. Habían aparecido algunos cartuchos usados a la entrada de los socavones, junto a un par de botas y un pantalón de milicia. Cada campesino fue puesto bajo sospecha.

Cierto amanecer, sin previo aviso, los artilleros del ejército horadaron las rocas y las sembraron de dinamita. La luz de la explosión envolvió la ciudad con una mortaja de magnesio y agrietó el pavimento. Cuando las nubes de polvo se disiparon, un cielo lavado se reflejó de nuevo en las altas paredes sulfurosas y en el filo último del horizonte volvieron a verse los bosques de acacias y cebiles.

Las antiguas veredas de piedra fueron devueltas a su quicio y se construyeron puentes de madera. Uno de los batallones avanzó hacia el valle, en posición de combate. No encontró sino desolación. Los escombros cubrían los declives donde en otros tiempos habían brotado los cráteres de agua. Hasta la oscura raya de la zanja, que todos suponían indeleble, estaba borrada para siempre.

El único hallazgo sorprendente fue la cabaña de los Ikeda, que seguía intacta en lo alto de la misma colina amarilla y lustrosa. Los muros de madera parecían recién cepillados y los techos estaban limpios de maleza. Encontraron en la cocina una mesa puesta para dos personas y restos frescos de algas, pescado y arroz. Sobre una silla de infante había otro plato, de avena y leche. La casa mantenía su calor, como si los ocupantes fueran a volver en cualquier momento: tendidas las camas, ordenados los roperos, ninguna señal de fuga. Pero, aunque montaron guardia muchas semanas, los moradores nunca aparecieron.

Cuando pasó el peligro, las damas de los ingenios ardieron en deseos de volver a las montañas. Quien más quien menos, todas habían dejado allí alguna historia de amor. La señora

161

Doncella fue de las más impacientes. A comienzos del otoño dio un baile sólo para hablar de eso. Carmona, todo de negro, aún consternaba a las damas: el aire melancólico, byroniano, el desvalimiento latiéndole bajo la sonrisa, ¿te lo imaginás, poco antes de la caída? ¿Eso aclara la escena?

Como la lengua seguía molestándolo rechazaba todas las invitaciones, pero cuando la señora Doncella lo llamó al periódico y le insistió que fuera al baile, no se pudo negar:

—Llevo algunos días con fiebre —dijo—. Me curaré para usted.

—No esperaba otra cosa —respondió ella—. A estas alturas de la vida puedo entender algunas ausencias. Pero la suya no tendría perdón.

Le abrió los brazos cuando lo vio llegar. Llevaba un vestido largo de seda negra y la primera estola de visón de la temporada.

—¡Cuánto me ha hecho sufrir, querido Carmona! —Correspondió a su beso con un fruncimiento de labios y lo tomó del brazo.— ¿Ha contado las semanas que me tiene abandonada? ¿Ah no? Ya ve: otra maldad de su parte.

Había un gentío, como siempre. La señora se perdió en el laberinto de los que bailaban y lo dejó solo. Carmona se apartó de la música y volvió a caminar por los cuartos que daban al río, decorados con las representaciones del paraíso. Al pie del Tintoretto, algunas damas jugaban a la canasta. Las oyó comentar, mientras pasaba: "¡Cómo se ha venido abajo este muchacho! ¿Le han visto la cara? Parece que se le estuviera por caer". Algunas exageraban la malevolencia: "Lástima que no haya querido casarse. Una mujer lo hubiera salvado. ¿Usted cree? ¿Qué mujer se animaría a dormir con una voz como ésa?" Siguió de largo, sin volver la cabeza, fingiendo que no se daba por enterado.

Volvió al salón de baile y trató de escurrirse hacia la salida, pero la señora Doncella lo tomó de la mano y lo llevó hacia un rincón donde los caballeros discutían con frases tan rotundas que atravesaban el fragor de las orquestas.

—Contamos con usted para la excursión a las montañas amarillas: mañana, querido mío —le gritó al oído—. ¿Se imagina lo que será uno de sus madrigales resonando en las cavernas del valle: con esa acústica? Ya el violín y el cello están comprometidos. Lo único que no debe olvidar usted son las partituras. Pasaremos con los jeeps por su casa a eso de las ocho. Póngase zapatillas de suela gruesa y ropa informal, ¿de acuerdo?

Se le cruzó la imagen de los gatos y al mismo tiempo la tentación de las montañas. Me gustaría no tener ya patria, pensó. Me gustaría no haber tenido Madre nunca y saber elegir libremente. Toda la vida había pensado en las montañas como una patria final y en los gatos como la perdición. Y ahora la perdición lo atraía con más fuerza que la felicidad. Ya no quería saber qué era la felicidad: eso correspondía al pasado. Tampoco quería saber qué era la perdición, pero sí estar en ella: pertenecer a un sitio donde Madre no pudiese alcanzarlo. Le vinieron a la cabeza oleadas de sensaciones que no podía explicar. Qué será de los gatos cuando se queden solos, pensó. Hasta ese instante, nunca le habían importado. Pero una súbita punzada en la lengua se los recordó.

—Toda la vida he querido ir a los montaños amarillos —se oyó decir—, pero mañana no puedo. Si lo hubiese sabido antes, tal vez: me las habría arreglado de algún modo. Pero mañana, ¿cómo explicarlo?, me parece prematura. Todavía no me siento preparado.

Su turbación hizo reír a la señora. Pensó que ponía el sexo de las palabras al revés por mera pose, para que hiciera juego con el timbre de su voz.

—¿Han oído eso? —se volvió hacia los caballeros, excitada—. Ah, me divierte muchísimo la extravagancia. ¿Cómo fue? ¿Los montaños amarillos? Un hallazgo. Deberíamos hablar todos así esta noche. No se me escape. Tengo que averiguar de dónde ha sacado esa moda.

Otra de las orquestas, en el parque vecino al río, estaba afinando los instrumentos. Por las aguas iban y venían botes llenos de mujeres golondrina, envueltas en frazadas grises: algunas llevaban los pechos al aire y los hijos suspendidos de los pezones.

—¡Cuánto siento que deban soportar este espectáculo! ¡Cuánto lo siento! —iba disculpándose la señora, mientras revoloteaba entre los invitados—. Ya ni en nuestras propias casas tenemos paz.

Se apoyó en el brazo de Carmona y lo condujo hacia una de las glorietas. Para apagar el murmullo tenaz de los golondrina, los músicos dejaron de afinar los instrumentos y ensayaron una canción de moda que se llamaba *Lady Madonna* o algo así: era la preferida de la señora.

—¿Está enamorado, Carmona? —lo encaró ella. En las copas de los árboles se prendían y se apagaban guirnaldas de colores, como si fuera víspera de Navidad.— Prometo no decírselo a nadie. Sólo quiero ser la primera que lo sabe.

—¿Enamorado? No. Es que... me siento un poco débil. Eso es todo.

—Cuando un hombre habla de esa manera es porque no quiere decir lo que le pasa. Confíe en mí, querido. Cuénteme quién es ella. La invitaremos a los montaños amarillos, ¿qué le parece? Yo la llevaré conmigo y usted podrá tenerla cerca sin que nadie se entere.

Carmona suspiró y se apoyó en la balaustrada de la glorieta. Le faltaba el aire.

—Si supiera usted, querida Doncella... Lo que me persigue son... las gatos.

—No se burle de mí.

—No me burlo. Madre dejó la casa llena de gatos y no sé qué hacer con ellos. Eran los gatos de Madre. Era su casa. Ahora ni los gatos ni la casa se quieren separar de mí.

—Ya hablaremos mañana, en los montaños amarillos. No olvide las partituras. Con el aire puro se le pasará la inquietud.

Las parejas se arremolinaban en el parque. Bajo los toldos, los sirvientes encendieron las estufas a gas. Salió una luna tan desmesurada que parecía artificial. Sobre el río inmóvil flotaban hebras de neblina. Parecía que el río estuviera por morir a cada instante, pero el paso incesante de los botes lo mantenía vivo.

Carmona retiró su abrigo del guardarropa y salió hacia la noche. En la calle lo asaltaron los mendigos y a duras penas se abrió paso.

❖

Estaba tan extenuado o tan ansioso que no consiguió dormir. Varias veces se acercó a las ventanas del comedor para contemplar los imponentes altares amarillos que iluminaban la lejanía. De vez en cuando, los gatos se acercaban a las ventanas y rasguñaban el vidrio, como si quisieran marcharse. Pero cuando Carmona les abría los postigos se quedaban mirándolo, extrañados. Si al menos supiera lo que quieren. Si estos hijos de puta tuvieran lenguaje, pensamientos, algo en común conmigo y no este infierno de diferencias, estas miradas turbias. Si fueran como yo, se irían.

Dio vueltas y vueltas en la cama. Los sueños estaban enredados con la realidad, lamiéndole los pies delgados: ellos también como lenguas. En uno de los sobresaltos del sopor se le aparecieron personas olvidadas desde hacía tiempo, a las que había visto sólo de lejos, en teatros y recitales.

Aunque los aparecidos se esforzaban por hacerse oír, los gatos maullaban tanto que la voz se les perdía. *Estás muy ocupado ahora, Carmona,* trataban de explicar. *Volveremos en una ocasión mejor.* Ay por favor, quédense. ¿No ven que tengo adoloridas las papilas, el tacto?: los sentidos están en mal estado. Y por el barullo no se inquieten. Madre consintió tanto a los gatos que se han arrebatado un poco. Ya se les pasará. No me abandonen.

Eran personas importantes y habían llegado a verlo de tan lejos que cómo no iba a desvivirse por atenderlas. Aléjense gatos, cállense. Piensen que no me piensan. Pero ellos seguían siseando y bufando; o encaramados en el celo, lloraban.

❖

El que le daba más vergüenza era Raúl Galán, un poeta de cara mustia y de ojos caídos, que escudriñaba la tierra. Estaba triste porque había muerto el día anterior en un accidente de automóvil, y el manuscrito se le había perdido entre los escombros de la carretera. *¿Me acompañarías a buscar el manuscrito, Carmona?,* decía Galán, y yo no sabía cómo disculparme. Lo haría con gusto si mañana no tuviera que ir a cantar en las montañas amarillas. Al pobre Galán se le había quedado un poema por la mitad y no podía morir del todo sin verlo terminado. Para colmo, empezaba con una invocación a Dios: "Señor, hoy te encomiendo a mi enemigo./ Que nada lo atormente./

Que nunca necesite pan ni abrigo..." Y allí el Señor se lo había tronchado: en ese punto.

Galán tenía el infortunio de que lo consolara una escritora de comedias radiales a quien él había exiliado, tiempo atrás, de sus tímpanos. La autora porfiaba en hacerse oír, sentada en la cama de Madre, con una falda de plumetí y una capelina rosada. *Soy Yaya Suárez Corvo y he servido de musa a los mejores poetas.* Se le notaba: hablaba recitando. Tenía arropado a Galán con su mortaja estampada, plena de abejorros silvestres, margaritas y rosas del campo: era una mortaja fresca, todavía dura por el almidón.

Subió la fiebre de los gatos, se aceleraron los maullidos, y Yaya, que estaba atenta a todo, los ojillos redondos, las pestañas erizadas, no pudo oír cómo era el libreto que el director de cine Leopoldo Torre Nilsson estaba leyéndole a Gene Tierney y Rita Hayworth, las actrices favoritas de Madre.

Aunque todos dijeron al llegar que estaban muertos, Carmona no les podía creer. Rita llevaba las piernas enfundadas en unas medias negras con adornos de mariposas, y cada tanto bajaba la cabeza, como si fuese a recoger algo del piso. Luego echaba el pelo hacia atrás y mostraba la curva de los pechos. A Gene Tierney le habían tiznado las ojeras con carbonilla y la tensa piel de los hombros lucía más blanca así, con su rocío de pecas. Con la voz sentenciosa de su juventud, Torre Nilsson les repetía lo que Borges estaba escribiendo en el purgatorio, pero las actrices no conseguían entenderlo, y menos Yaya, porque eran frases que no armonizaban con las cosas simples de la vida. Si hubieran oído a Galán todos ellos lo habrían preferido, pero los gatos no daban paz.

Los maullidos se arrastraron y se volvieron roncos, como si provinieran de un disco pasado a baja velocidad. Y las apariciones, que desde hacía rato estaban tratando de marcharse, aprovecharon el desasosiego de Carmona para dejarlo a solas: que se siguiera calentando al fuego de las montañas amarillas, donde Padre y Madre habían visto, cada cual a su modo, el fulgor de la felicidad.

Al amanecer estaba ya afeitado y dispuesto, con el pantalón blanco que las gemelas le habían planchado al vapor, zapatillas de suela gruesa para escalar y el echarpe violeta que imponía al conjunto el indispensable toque de medio luto. Estuvo más de una hora ablandando la garganta con escalas y trinos, posándose sobre un agudo bíblico —¿un fa o un si?— que hasta entonces le había resultado inalcanzable, y cuando sintió que las cuerdas estaban a punto abrió las partituras en abanico, para verificar si faltaba alguna. En eso llamaron a la puerta y al mismo tiempo sonaron las bocinas de los jeeps. Corrió al baño a retocarse el peinado y a rehacer el nudo del echarpe.

Satisfecho con la imagen que le devolvía el espejo, Carmona fue a recoger las partituras. Ya no estaban donde las había dejado. ¿Los gatos? Uno de ellos se escurría con un trocito de papel en el hocico. Carmona lo persiguió y estuvo a punto de alcanzarlo: por un instante, tuvo la punta del rabo entre los dedos, y se le fue. Echó una ojeada bajo los sillones, en la alacena, sobre la cama de Madre. No vio nada. Los papeles se habían evaporado. Afuera, las bocinas volvieron a graznar con un retintín de mal agüero.

—¡Ya voy! —gritó Carmona—. Son estos gatas... —Iba a decir "de mierda" y se contuvo. En la calle estaban las damas.

Espió a través de las celosías del balcón. La señora Doncella iba al volante de uno de los jeeps, con una enorme capelina sujeta a la barbilla por un moño de seda rosa. Las otras llevaban sombreros de paja estampada y de los cuellos les colgaban aparatosas cámaras fotográficas. Desentonaban en la calle solitaria, y como algunos golondrina rondaban cerca de los jeeps, las damas comenzaron a impacientarse.

—¿Carmona? Querido, apúrese —volvió a decir la señora Doncella.

Las malditas partituras lo trastornaban. Revisó el baño, los quicios de la enredadera en el patio. Levantó el cubrecama de Madre y espió debajo: nada. Desconsolado, resolvió salir con las manos vacías y contar el incidente. Tal vez las damas querrían perder unos minutos y ayudarlo en la búsqueda.

Cuando se acercó al zaguán, oyó un chisporroteo de uñas sobre el raso de los sillones. En el mismo lugar donde había estado el ataúd de Madre, los gatos se desplazaban con lentitud, en círculos. Entre los almohadones yacían retazos de madrigales mojados de orina. Con fruición de hormigas, algunos llevaban en el hocico trozos de "Oh cuán feliz es él" de un lado a otro, como si se tratase de una ceremonia. Carmona quiso salvar la pequeña parva de partituras que parecía no haber sido tocada aún, sobre uno de los sillones. Pero los gatos montaban guardia alrededor, con el lomo encorvado y los colmillos amenazantes.

Trató de salir entonces al zaguán y ganar de una vez la puerta de calle. Los gatos, que parecían adivinar sus movimientos, abandonaron los papeles y le cerraron el paso. Adondequiera se desplazara, ellos llegaban antes. Preparó los músculos para saltar sobre la barrera de cuerpos y alcanzar la puerta de salida. Una vez más, se le adelantaron. Estaba con las piernas ya tensas para el envión cuando el más pequeño de los gatos apareció a sus espaldas y con un rápido zarpazo le desgarró el pantalón, al tiempo que otro gato, tuerto, le saltó a los ojos y le abrió una herida en el pómulo. Si querían podían causarle más daño. Pero se trataba, como siempre, de una demostración de fuerza. Así, maltrecho, Carmona ya no podía aparecer.

—¿Le falta mucho querido mío? —oyó preguntar a la señora Doncella. El tono era cada vez menos considerado.

—Váyanse sin mí —respondió él a través de la puerta. La voz le salía con temblores, como una película lluviosa.— Creí que me sentiría

171

bien, pero no tengo fuerzas. Lo siento mucho.

—¿Cómo se va a perder este viaje, Carmona? Quién sabe cuándo tendremos otra ocasión... ¡Estamos tan felices! Venga, anímese.

—De veras no puedo. —Los gatos le dedicaron una mirada implacable.— No se imagina cuánto me cuesta decir que no.

—¿Quiere que llamemos al médico? —insistió la señora—. Alguna de nosotras puede sacrificarse y hacerle compañía.

—De ninguna manera. Todo irá bien. Acabo de llamar al médico.

Oyó arrancar a los jeeps y creyó que sentiría cómo se vaciaba su corazón. Creyó que su cuerpo se abriría como una cáscara y todo lo que él era se disolvería en el aire. La felicidad estaba lejos, y a su alrededor no había ya mundo. Sin embargo, nada le dolió. Lo que debía dolerle ahora le había dolido antes, muchas veces. Y, si se tenía lástima, nunca dejaría de doler.

El agua

DESDE QUE CONVIVÍA CON ELLOS, encontraba placer en faenas que antes le hubieran parecido indignas: les limpiaba la bosta, lavaba los edredones donde dormían y les enrollaba los ovillos de lana que deshacían a propósito. Intuía sus nombres de sexo impreciso y cuando les hablaba se cuidaba muy bien de confundirlos: Altar, Belial, Rosario, Cármenes, Ángeles, Brepe, Sacramento.

Una tarde, al volver del periódico, los gatos estaban esperándolo en el baño. Carmona se desnudó, humedeció una esponja y se la pasó por el cuerpo. "Éste es el cuello", les dijo. Sentía cierto placer explicándoles cómo era el cuerpo, de qué estaba hecho. Ya no tenía tacto, y por lo tanto era

173

como si hundiera los dedos en la nada. Pero cada parte del cuerpo exhalaba su propio olor, y el olfato de ellos, tan agudo, distinguía las fragancias.

"Ombligo", dijo.

Belial, el pequeño, lo amenazó con las uñas. Los otros sisearon y escupieron, imponiéndole sosiego. "Brazos, dientes", les enseñaba Carmona. Cuando la bañadera estuvo llena de agua tibia, se sumergió y comenzó a enjabonarse. Ellos lo atisbaban, con las orejas tiesas y los bigotes en guardia. Sólo la Brepe, desinteresada de la ceremonia, se lamía las tetas voluptuosamente. El terreno donde los gatos se deslizaban siempre estaba seco. ¿Y si no soportaran lo mojado?, pensó Carmona. ¿Si lo mojado fuera el infierno de ellos y, al mojarse, quedaran en evidencia? ¿Si no se dieran cuenta? Golpeó con las palmas la superficie del agua y los salpicó. Todos retrocedieron a la vez, lamiéndose. Era verdad, entonces: el agua los incomodaba. Carmona lo había leído en alguna parte, sin darle importancia: en el agua se les confundían los olores y quedaban ciegos, sordos, sin equilibrio, se convertían en suicidas, bajaban desesperados a los légamos en busca de la muerte. De esa debilidad convenía aprovecharse, ¿no? Carmona quería impedir que se dieran cuenta.

"Fue sin mala intención", dijo. "Siempre hago esto cuando me baño".

Adelantándose poco a poco, la Brepe se introdujo en el área mojada, apoyó las patas en un extremo de la bañadera y examinó el cuerpo de Carmona con atención. Extrañada, vio que se estiraba el pellejo del pene y luego lo dejaba caer en la espuma: un guante mustio, que parecía pedir limosna.

La Brepe entornó el hocico y dejó afuera la lengua, sólo un instante. El baño quedó colmado de silencio. Carmona curvó el cuerpo hacia la gata con suavidad: el agua se le desprendía callada, como la cera de las velas. Le acercó el pene a la lengua. Ella olfateó el glande sin plumas, sin escamas, mondo, inútil para el placer. Qué solo está, qué desvestido. Ni siquiera en el ojo tiene luz. Quiso abrigarlo, esconderlo. Sintió misericordia. Y lo lamió.

Fue apenas un suspiro de la lengua. Pero bastó para que aquella esmirriada arboladura se agitara. "Pija", suspiró Carmona. La tribu se alborotó, curiosa. Ángeles y Cármenes, que lo hacían todo a dúo, se enroscaron al pie de la bañadera, lamiéndose una a la otra el punto donde estaban sus culitos de gata. Los demás se acercaron, esquivando las manchas de agua del piso. Una parte de la tribu avanzaba hacia Carmona; la Brepe y Belial, en cambio, retrocedían hacia el dormitorio.

Inesperadamente, Sacramento pegó un salto. Encrespó la cola y se encaramó sobre la bandeja de azulejos donde aún se alineaban las cremas y lociones de Madre. Y luego, contoneándose de manera provocativa, se paseó por los bordes de la bañadera.

Carmona se incorporó, con una elasticidad que sus músculos habían olvidado, y aferró a la gata por la nuca, como un ave de presa. Le frotó el cuello y el vientre con la esponja enjabonada, una y otra vez, hasta que el agua atravesó la tersa barrera de la pelambre y estalló sobre los nervios de la piel, disolviendo las capas de aceites naturales. Doblada en el aire, Sacramento vomitaba maullidos atroces. Pero Carmona no le dio tregua. Hundió a la gata en la espuma, hasta el fondo, y cuando sintió que el aire se le acababa, la sacó. Con las pezuñas, Sacramento trataba de afirmarse en la resbalosa porcelana de la bañadera y por un momento tuvo el pene a merced de su hocico, pero los tarascones se perdían en la blandura invencible del agua. Cuando vio que los ojos de la gata se enturbiaban, Carmona la arrojó al piso y él mismo salió del baño con rapidez.

Creyó que los gatos reaccionarían con ira: estaba preparado para eso. Quería que lo rasguñaran y lo hirieran, porque así debía ser la libertad con que ahora soñaba: tatuada por la mano de los amos. Pero ellos prefirieron retirarse al patio y desbandarse por los techos y desagües.

No bien se sintió solo, a Carmona se le vino encima el remordimiento. Aún estaba ofendido porque no lo habían dejado ir a las montañas amarillas y deseaba vengarse. ¿Pero cómo saber que la felicidad estaba de veras en las montañas? ¿Y si lo que allí descubría era la desgracia y los gatos sólo trataban de advertirle que donde Padre y Madre habían encontrado su principio él tal vez encontraría su fin? ¿Si tan sólo trataran de decirle: no te busques en un mundo que no es el tuyo?

Se sirvió un vaso de ginebra y sólo sintió el furor del líquido, su lenta evaporación en las arterias. A veces ya ni el alcohol puro le servía. Lo agriaba con unas gotas de limón, pero casi al instante la sed lo acosaba de nuevo. En las mañanas, con la ginebra, la voz fulguraba llena de pasión, y parecía que la inteligencia fuese a abrírsele como antes y a derramarse sobre las cosas, viéndolas tal como eran y no como él seguía deseando que fuesen. Pero duraba poco: no bien se retiraba el júbilo del alcohol, las cuerdas vocales se le convertían en llaga viva y se quedaba en la cama boca arriba, jadeando, para olvidar el dolor. Le dolía lo que hubiera querido ser, el tiempo que había perdido buscándose sin poder encontrarse. ¿A quién había buscado? ¿No se podía empezar a buscar otra vez, desde el comienzo? ¿Tener un minuto a solas con el otro que había dentro de uno y reclamarle: por qué no tomaste mi lugar, por qué no te llevaste la felicidad que yo perdía?

La Brepe estaba velando sobre sus sufrimientos. De la cama de Madre saltó a sus piernas e irguió la cabeza para que él se la acariciara. Aunque no sentía nada en la yema de los dedos, una cierta claridad lo mojaba por dentro: como si hubiera sido noche durante mucho tiempo y ya no fuera más noche ni la noche quisiera compartir su perdición.

❖

Días después encontró a Sacramento en un bar de las afueras, durmiendo sobre una palangana de cenizas. Tenía heridas infectadas en el lomo, y a través de las telarañas del pelaje asomaban parches de piel muerta. La abrigó con la bufanda y la llevó a la casa. Hizo un nido para ella en una de las canastas de costura de Madre y luego de consultar con el farmacéutico untó la llaga con polvo de sulfamidas. Todos los días, antes de salir rumbo al periódico, le dejaba sopas de pescado y un tazón de leche limpia. Pero cuando regresaba por la tarde la comida seguía intacta.

Sacramento pagaba con crueldad las devociones de Carmona. Volvía la cabeza hacia otro lado no bien el hombre trataba de acariciarla y, si por azar posaba su mirada en él, dejaba que los ojos siguieran de largo, como si el cuerpo del hombre no existiera.

Cuando arreció el calor y el río quedó cubierto por los bloques de azufre que se desprendían de las montañas, a Sacramento se le dio por desaparecer. No de una vez sino de a poco: el día se la iba llevando consigo. A la mañana parecía siempre a punto de morir. Los ojos se le apagaban, como cuando Carmona la había hundido en la bañadera. No cesaba de toser. Las flemas la ahogaban. Por la tarde, el cuerpo se le confundía con la penumbra y ni siquiera se movía cuando Carmona la tocaba. Él repetía su nombre, cada vez lo repetía con menos esperanza, hasta que ya no la sintió más y su cuerpecito fue como hebras de humo. Ninguno de los dos tenía tacto ni recuerdo de lo que el tacto había sido. El infortunio hubiera podido servirles para que se acompañaran, pero no les servía.

❖

Un domingo lo visitaron las gemelas y lo ayudaron a poner los dormitorios en orden. Tendieron las camas, airearon las sábanas y cubrieron los sillones con fundas nuevas. No había modo de reparar las desgarraduras en las telas de raso ni de remendar los cubrecamas sin que se notara. Decidieron contratar tapiceros y cambiar el empapelado de los cuartos. Ya casi ni se podía entrar en la casa por el olor.

—Aunque estuviera postrada, Madre se las arreglaba para que hubiera un cierto orden —reclamaron las gemelas—. Pero vos te has dejado vencer por la desidia, Carmona. ¿Cómo podés vivir así? Todo se ha vuelto un asco.

—Son los gatas —trató de disculparse.

—Los animales solos no harían este desastre —insistieron ellas—. Es la ginebra.

Cuando quitaron el polvo del ropero, descubrieron que el vestido favorito de Madre, con el que ella causaba sensación en los saraos, estaba comido por las polillas. Era una falda plisada, de color salmón, con casaca de piedras y lentejuelas. La falda tenía dos manchas oscuras, como de grasa mezclada con sangre, y apestaba a orina de gato. Del sombrero que hacía juego con el vestido no quedaba sino un esqueleto de polvo, y en la rosa de tela que lo coronaba había un brote de pelusas grises.

Las gemelas dejaron el vestido sobre la cama, como si fuera un muerto, y pusieron el grito en el cielo.

—No hay razón para echar a perder así todos los recuerdos —dijo la mayor—. Lo más razonable es que vendamos la casa cuanto antes.

—A Carmona le quedará dinero de sobra para comprarse un ambiente. No necesita más.

—Podría vivir con alguna de nosotras, si quisiera.

—Por supuesto que sí, Carmona. Te haremos compañía y ya no tendrás necesidad de beber.

Al marcharse, dejaron el vestido de Madre extendido sobre la cama. Cuando pasó por él una mancha de sol, la humedad de la orina empezó a fermentar y las corrientes del olor salieron al aire libre. Carmona se acercó al vestido muchas veces y, como acariciarlo no le servía de nada, rastreó las fragancias que tal vez seguían entre los pliegues. Pese a lo que habían dicho las gemelas, en el vestido estaban intactos los recuerdos. Había tantos que Carmona no supo distinguir cuáles eran de Madre y cuáles habían sido puestos por los gatos.

Al caer la noche se tendió en la cama, junto al vestido, y pasó largo rato pensando. Un correteo de pezuñas y, en seguida, un maullido lastimero, le despejaron la melancolía. La lucidez volvió a él, y de pronto se le hizo claro ese lenguaje de sollozos altos y bajos que se parecían a su voz, cortado por una síncopa de toses y ronroneos. ¿Cómo no lo había entendido antes? Llamaban a Madre.

Tal vez estaban aprendiendo a ser Madre. Y él, entonces, ¿por qué no aprendía también? Cuando aprendiera, podría ser su propia madre, tener alguna vez la madre que nunca tuvo. ¿Y si al final de cuentas la felicidad fuera ser Madre, tarde o temprano? Era preciso espiarse por esa hendija.

Volvió al baño y se desvistió. Enjabonado de nuevo, se afeitó el vello de las piernas y del pecho. Dudó un momento ante el pubis: temía que lo atormentaran las picazones cuando las cerdas volvieran a crecer. Pero no las dejaría crecer. ¿De qué le servían?

Después de enjuagarse, se untó con los humectantes y los aceites de Madre para las arrugas, y estiró las pestañas con un toque de rímel. Luego se puso las medias de muselina con que ella disimulaba las várices, compuso con alfileres las costuras deshechas de la falda y cubrió con bandas de seda el armazón en ruinas del sombrero. Cuando se miró al espejo quedó azorado. No era la ropa de Madre lo que se había puesto, sino a ella misma. Ahora que soy vos podrías quererme, ¿eh Madre?

Caminó hacia el vestíbulo, temiendo a cada paso que se le desbarataran los hilvanes. Mientras avanzaba, encendía todas las luces y abría las puertas de todos los cuartos para que la presencia de Madre volviera a impregnar la casa. Cuando por fin se detuvo bajo la araña de caireles, donde la habían velado a Ella, se abrió la casaca e irguió el cuello, ansioso, remedándola, con la esperanza de atraer a los gatos.

"¿Sacramento?", llamó. "¿Hijitos míos? Ya no pasen más hambre. Vengan con Madre. ¿Por qué me han abandonado?"

Los oyó ronronear, lejos. En algún tejado sollozaban otros gatos. Rayaban el aire con gritos que parecían ser de amor. Sintió una llamarada de sed y bebió de la botella de ginebra que escondía en el aparador. No eran modales propios de Madre, pero los gatos se acostumbrarían.

El destello de una sombra cruzó el vestíbulo.

"¿Brepe? ¿Sos vos?"

"Apagá la luz, desvergonzada", oyó que respondían. Era el maullido de la Brepe y también era, no sabía por qué, la voz de Madre.

Obedeció. El vestíbulo quedó en penumbra. De los dormitorios brotaba un resplandor difuso, como el de bambalinas en el teatro.

"¿Vas a lamerte?", le preguntaron. Aunque no podía verlos, dos o tres gatos se deslizaban ya sobre los brazos de los sillones. ¡Si al menos supiera reconocerlos por el olor! Pero ahora también el olfato se le retiraba. Los ojillos rasgados temblaban en la oscuridad. Trató de lamerse las manos. De nada le servía: era como lamer el aire. Ellos se lamían, él se lavaba. En eso, Carmona no se parecía a Madre. A ella no le gustaba lavarse: sólo las partes púdicas; solía oírla batiendo el agua del bidé. Pero las astillas de la ducha le imponían terror. Más de una vez Madre había dicho:

"Hay que tener cuidado con el agua. Cuando menos se piensa, le salen filos. Y si una se distrae, se llena de tajos".

"Yo no sé lamerme sola", dijo Carmona. "Preferiría bañarme con ustedes. Cuando estoy en el agua, los extraño".

Llegó el resto de la tribu. Creyó ver a Sacramento en el zaguán: aún caminaba arrastrándose. Si te quedara olfato podrías saber cómo están cicatrizando esas heridas del lomo, Madre, podrías ponerle uno de tus bálsamos del otro mundo. ¿Si tuvieras olfato? A duras penas olías ya el relente de fango que flotaba en el aire: las ráfagas breves de raíces, de hierbas, de escarabajos ciegos.

"¿Por qué te has vestido así?", quiso saber la Brepe. "Das lástima".

Ellos debían saber por qué.

"Para ser igual a Madre", respondió Carmona. "Una persona que no aprende a ser su propia madre nunca es feliz".

"Laméte", le ordenaron. "Madre se lamía".

Trató de rozar el pecho con la lengua. No podía, ni aun contorsionándose. Y si se movía demasiado, la tela de la falda se le desgarraría: era porosa, como si tuviera vergüenza.

"Preferiría bañarme", dijo Carmona. "Por favor, acompáñenme. Haré lo que me pidan. No tocaré el jabón. Romperé la esponja. También me lameré. Y si ustedes quieren lamerse, háganlo".

"Lamo la mano del amo", dijo la Brepe. Su voz era la de Madre.

"Y no se escondan más. Vengan conmigo".
"Nunca te hemos dejado solo", le dijeron.
"Nunca nos fuimos".

❖

No esa noche sino la siguiente los gatos reto-
zaron en el baño. Apenas Carmona se metió en
el agua, la tribu avanzó desde el dormitorio y se
quedó junto a la puerta, acechándolo. De pronto,
la Brepe saltó a la bañadera, y sin hundir la cabeza nadó con soltura, levantando las ancas.
Aunque no podía evitar que se le mojara el
vientre, donde estaban sus olores más frágiles,
cada tanto se sostenía sólo con las pezuñas: casi
todo el cuerpo danzaba en lo aéreo, apoyado
sobre la mera esponja de las patas y abriéndose
paso con aletazos de la cola, casi como si volara,
ingrávida. Era una gaviota.

Los otros estaban pendientes de cada movimiento y, a su manera, con ligeras vibraciones de
los músculos, imitaban las brazadas en tierra.
Cármenes y Ángeles lo hicieron la noche siguiente. Sin cruzar la puerta del baño, la Brepe
las atisbaba, y al final también ella se les unió.
Pronto, Carmona les dejó la bañadera para que se
solazaran a su antojo. Aprendían a nadar con tal
rapidez que ya el agua no les hacía falta: nave-
gaban por los canales que iban abriendo con las
uñas, enhiesto el cuerpo, mojándose cada vez
menos.

En algún momento de la noche desaparecían.
Sólo la Brepe no se movía de su lado. Danzaba

alrededor de Carmona y le maullaba al oído hasta que él se levantaba y le servía la comida: yemas de huevo duro y cabezas de pájaros.

El hombre había tomado la costumbre de pasar todas las mañanas por la pollería, antes de ir al periódico, y comprar pescuezos de tórtolas y de perdices. Los domingos solía recoger los despojos de gorriones que flotaban en las alcantarillas. Temía que la gata se atragantara con los huesitos filosos e invisibles. Pero Carmona siempre temía de más. La Brepe era muy diestra desplumando pájaros.

Por las tardes, los dos solían pasear a la orilla del río. Detrás de las mansiones se abría una avenida tórrida, de palmeras, por la que nadie se aventuraba hasta que caía el sol. Al final, donde una roca desviaba la corriente, la avenida moría en un campo fangoso, cercado por vallas de madera que las damas de los ingenios pensaban convertir alguna vez en jardín botánico y que servía, mientras tanto, para las kermesses de beneficencia.

Cuando Carmona y la Brepe llegaban a ese punto, empezaba la noche. El repentino chillido de los insectos se incrustaba en el silencio como una quemadura. Permanecían un momento inmóviles, oyendo los devaneos de la corriente, y al ver la cresta del sol hundiéndose en los meridianos del oeste emprendían el regreso. Las damas salían a tomar el fresco a esa hora en sus automóviles sin capota, y se saludaban al cruzarse con una inclinación de cabeza, aunque se

185

hubieran encontrado ya muchas veces durante el día. En el pasado, y sobre todo poco tiempo después de morir Madre, Carmona solía detenerse a conversar con ellas frente a los puestos de naranjada, pero ahora, para no dar explicaciones sobre la gata, las esquivaba.

Cada vez que subía por el barranco de su casa, los otros animales de la tribu estaban acechándolo. Belial, el pequeño, seguía mostrándose hostil. Tan muelle, tan ínfimo y sin embargo nada saciaba su odio. Carmona solía tomarlo en brazos y examinar su piel bajo la luz, por si algún otro gato lo había atormentado. Pero Belial exhalaba salud y no se dejaba herir: era pura pelambre, de telaraña, de bruma. Podías atravesarlo con los dedos.

Formando un corro en torno de Carmona, los gatos trepaban el barranco junto a él, azotándole las piernas con la cola y empujándolo hacia la casa. No le daban sosiego hasta que les preparaba el baño.

Se habían convertido, casi, en animales de agua. Carmona no imaginaba cómo eran las relaciones que ellos urdían con el agua cuando nadie estaba observándolos, pero se daba cuenta de los efectos. En el barranco, por las noches, los veía tensar las orejas ante un bloque de azufre que navegaba a la deriva o cuando caían los coágulos de hielo de las montañas amarillas. Por los temblores del lomo se podía adivinar todo lo que estaba pasando en el agua: la procesión de los camalotes, el cloqueo de los cardúmenes, la muerte lenta de las algas negras en las honduras.

Una tarde, mientras paseaba con la Brepe, los encontró reunidos en el campo de fango. Se decían secretos y lo miraban. De improviso, todos empujaron con las ancas el cerco de madera, instándolo a pasar. Intrigado, Carmona saltó. El fango estaba seco, y por dondequiera brotaban ramilletes de tártagos y ortigas.

Los gatos trataban de iniciarlo en una ceremonia nueva y para cada movimiento se tomaban su tiempo. Mientras la noche avanzaba, ellos retrocedían hacia el río. Eran tan lentos, tan cuidadosos, que cuando daban un paso ya la noche había dado tres. Cármenes y Ángeles, en la vanguardia, marcaban el ritmo: se desplazaban hacia el agua tanteando la blandura del terreno, y cada tanto se recostaban en la humedad, con los ojillos cerrados. Así, de a uno, los gatos se iban acercando al río. De vez en cuando, Carmona volvía la cabeza y distinguía el ir y venir de los automóviles descapotados por la avenida de palmeras, pero sentía que ya nada de eso era parte de él. Todo lo que él era había quedado atrás y hasta la felicidad que deseaba no era la misma de antes. No era la clase de felicidad que está al alcance de los hombres.

Por fin, la humedad del río llegó a sus zapatos. Delante, se abría la inmensidad de la corriente.

El río, como he dicho, era redondo. Donde estaba su fuente debía estar su desembocadura. Madre solía enseñar en las escuelas que el lugar de encuentro entre las aguas de ida y las de venida eran las cuevas de las montañas amarillas. Pero un punto u otro daba lo mismo. Tal vez el lugar estuviera en el campo de fango, más allá de la avenida de las palmeras. Los gatos se movían por allí como en un templo.

Cuando la corriente llegó hasta ellos, la Brepe desapareció en el agua y al cabo de un momento asomó la cabeza a la luz de la luna. Carmona se quitó la ropa y la siguió. El aire estaba tibio. De las mansiones iluminadas llegaba música de boleros.

Habría poco menos de cien metros entre una ribera y la otra, pero de tanto en tanto se formaban súbitos remolinos que habían devorado a más de un nadador, y por la superficie desfilaban continuamente enredaderas espinosas, algas muertas, islas de camalotes. Era preciso nadar con sumo cuidado y Carmona se lo advirtió a la Brepe, que braceaba junto a él.

Dejaron atrás los islotes de aluvión y los remansos. El agua se les rizaba entre los brazos, se dilataba en un abanico de crestas fosforescentes y luego caía, convertida en una lluvia de oscuras chispas. El agua era igual al fuego: asumía sus mismas formas y tenía sus mismos caprichos, y acaso fuera también igual a la tierra y al aire, si uno supiera ver la tierra y el aire cuando están en movimiento. A su lado pasaron Altar y Belial, nadando con energía. Se adelantaron unos metros y al llegar a la mitad del río volvieron los hocicos hacia Carmona, orgullosos, como si esperasen de él alguna señal de reconocimiento.

Iban y venían por el agua contrariando las leyes de gravedad, sin sumergir casi el cuerpo. Usaban la cola como timón, agitándola o enroscándola. Era tan certero su instinto de las corrientes que cuando los troncos se les venían encima, en vez de esquivarlos saltaban sobre las olas.

De la mitad del río regresaron a la orilla, y se lanzaron a nadar de nuevo. Parecían tan invulnerables a los remolinos de abajo como a los matorrales de arriba. Parecían invulnerables al frío, a la traición, al miedo y a todo lo que hace débiles a los hombres. Carmona tiritaba. Los golpes de viento lo distraían y debía esforzarse mucho para sortear los camalotes y las raíces que le salían al encuentro. De tanto en tanto, cuando le faltaba el aire, trataba de flotar en un punto quieto del río y descansar, pero el río, que se mostraba tan benévolo cuando se lo miraba desde la ribera, tenía unas entrañas implacables. Si no hubiera sido por los maullidos de la Brepe tal vez Carmona se habría perdido, abandonándose a la voluntad de la corriente. Pero ella no se movía de su lado y lo guiaba por las napas mansas, en cuyo fondo había piedras redondas y retículas de ramas quebradizas a las que podría aferrarse si flaqueaba.

Se tendieron por fin en la playa de fango, sintiendo el peso de la oscuridad. Era un peso tibio, ligero, que ayudaba a vivir. Carmona deseaba acercarse a la Brepe y abrazarla, necesitaba poner en ella la ternura que nunca había podido dejar en ninguna parte. La atrajo hacia su pecho. La Brepe lo dejó hacer, pero su cuerpo seguía tan lejano, tan indiferente, que el abrazo del hombre pareció ridículo, fuera de lugar, como si se lo hubiera dado a una esposa que lo despreciaba.

La kermesse

Nada deseaba Carmona tanto como impresionar a las damas de los ingenios con su acto para la kermesse. No podía pensar en otra cosa. Cada dos por tres faltaba al periódico, pretextando ataques de hígado y fiebres repentinas. Si por azar encontraba a la esposa de su jefe en la avenida de las palmeras, ni siquiera intentaba disculparse.

Todas las tardes llevaba a los gatos al campo de fango para acostumbrarlos a las mudanzas de la corriente y a las trampas de la vegetación. Como no quería poner otra vez en evidencia la fragilidad de su propio cuerpo, permanecía de pie sobre la roca, observándolos. Los gatos eran diestros y elegantes como los cardúmenes y, a diferencia de ellos, no se dejaban sorprender por los cambios de dirección de los corredores subterráneos ni por la voracidad súbita de los remolinos. Parecía que el agua les hablase.

Carmona había pensado en cada detalle del acto y lo había ensayado cientos de veces. Se presentaría a la kermesse con un pantalón blanco de lino, una camisa de seda cruda y un sombrero de paja orlado por cintas de medio luto. Llevaría los gatos en un canasto de mimbre, afelpado en la base, y no permitiría que nadie los viera hasta el momento de lanzarlos a la corriente. Los iría soltando de a uno en la orilla: primero la Brepe, en su papel de guía. Dudaba si colgarle o no del cuello una campanita de metal, pero en los ensayos había descubierto que los animales se orientaban mejor con la brújula de los bigotes. Detrás de la Brepe lanzaría a Belial, el pequeño, que reconocía desde lejos los troncos de color fango y era rápido para nadar hacia los compañeros rezagados previniéndolos del peligro. Sacramento sería la última, por si prefería desistir en mitad de la prueba. Era la más perezosa y seguía tratando a Carmona con recelo: lo seducía de a ratos y a veces se le eclipsaba en los albañales, de donde volvía siempre rasgada por el feroz acoso de los machos.

Al fin de cada jornada, el hombre los aguardaba en la orilla con un toallón y les secaba el vientre y las pezuñas con delicadeza maternal. Luego cortaba cubos de carne cruda, más blanda y jugosa cuanto más se acercaba el día de la kermesse, dándoles de comer con la mano mientras les acariciaba el lomo, solitario en su amor y resignado a que nadie ya nunca se lo correspondiera. El tiempo era cálido y doloroso, como si hubiera en el aire hierros candentes, y la noche estaba llena de una luz propia que quién sabe de dónde le vendría.

No bien dejaban el campo de fango, los gatos se esfumaban, atraídos por las ratoneras y por los combates en los techos. Sólo la Brepe no perdía de vista a Carmona. Dormían juntos: él de espaldas y la gata montada sobre los bronces de la cama, con el lomo arqueado, atenta siempre a lo que el hombre soñara. En la oscuridad solían entrar voces venidas de otra parte, que repetían más o menos lo mismo, *amo la mano del ama* o algo así. Era como si volviera la música de Madre: los trinos de la Reina de la Noche. La Brepe dejaba que las voces se quedaran un rato a descansar y luego las alejaba con la cola.

Carmona había cambiado por completo su manera de ver a los gatos y deseaba con ardor que a las damas de los ingenios les sucediera lo mismo. En los últimos meses de la enfermedad de Madre, ellas habían dejado de visitarla, por repulsión a los animales. No soportaban que revoloteaban sobre la cama de la moribunda y se le enroscaran en el cuello, ni resistían el tufo que estaba cubriendo todo: la fuerza del olor que hinchaba las maderas y percudía las paredes. Al principio, él y las gemelas habían dado la razón a las damas. Madre no tenía derecho a morir así.

¡Cuán equivocados estaban! Madre tenía que morir así. Si no hubiera sido por los gatos, Madre no habría descubierto el amor sin objeto, a secas, el amor que no sabe quién está del otro lado.

❖

Por una de esas extravagancias del azar, la fecha fijada para la kermesse coincidió con el primer aniversario de la muerte de Madre. Si en algún momento las gemelas temieron que las damas de los ingenios lo hubieran urdido a propósito, como un desaire, se tranquilizaron al enterarse de que todas asistirían a la misa de funerales.

No querían que Carmona las acompañara. Con extremo tino lo convencieron de que, en vez de ir a la iglesia, llevara flores al cementerio. En las últimas semanas tenía un aspecto tan descuidado que las avergonzaba. Ya casi no le quedaban sentidos, ni quería tampoco que los médicos lo cuidaran. Quién sabe, además, si hubiesen acertado con lo que pasaba. Las gemelas habían oído hablar de gente sin olfato y con el gusto yerto; o con la lengua daltónica, eso decían. Pero no sabían de nadie que hubiera perdido el tacto. Cuando preguntaban qué mal podía ser ése les contestaban: es la antesala de la muerte. Eso temían: que una muerte, la de Madre, arrastrara la otra.

Si algo seguía íntegro en él era el pudor social. No se dejaba ver por nadie cuando bebía (yo fui, creo, el único que lo vio) y le daba vergüenza estar sucio, aunque no hiciera gran cosa para remediarlo. Al despertar la mañana de la kermesse, se afeitó los lamparones de barba que le deformaban la cara y, como desde la última natación en el río no soportaba el baño, se lavó por partes con una esponja.

Su acto estaba previsto para la caída de la tarde, cuando terminaran los juegos con tómbolas y el concierto de valses vieneses. No se conformaría con elogios tibios, de circunstancias. Aspiraba a una ovación, como las de sus recitales. Cuando cantaba, nunca entendía muy bien para quién eran los aplausos: ¿para Häendel o para la voz? Häendel los merecía sin duda más que la voz, porque los madrigales y las arias de Häendel seguirían existiendo con independencia de la garganta que los cantara. E imaginaba ahora que los aplausos cosechados por la voz caerían, en la eternidad, sobre el regazo de Häendel. Pero en el número de los gatos no aceptaría ningún malentendido. Si alguna gloria deparaba, debía ser para ellos.

Poco después del almuerzo fue a buscarlos al dormitorio de Madre, donde los había encerrado para salvaguardarlos de las inevitables peleas en los techos. Aún temía que después de tantos preparativos los gatos desaparecieran, dejándose llevar por su humor tornadizo. Y no podía esta vez arriesgarse a un papelón semejante. Debió haberlo previsto: ellos no estaban. Sólo la Brepe seguía tendida en la cama, esperándolo con indiferencia.

Faltaba poco para que cerraran el cementerio y salió de prisa, angustiado. Antes de entrar compró un ramo de crisantemos y avanzó por la avenida de cipreses pensando con disgusto que debería rezar una oración y no quería acordarse de ninguna. La Brepe trotaba a sus espaldas, meneando el rabo. Guarecidos del sol bajo los aleros de las tumbas, los guardianes lanzaban chistidos de sorna al paso de la inverosímil pareja, que era como una no tumba ambulante: el hombre vestido de blanco, con un ridículo sombrero de paja en la mano, y la gata coronada por un moño rígido y también blanco, dándose aires de reina.

Desde la muerte de Madre, Carmona no había vuelto a visitar la tumba. El ataúd de Padre estaba en el nicho de arriba y el de Madre en el hueco de un pequeño altar; los custodiaban candelabros con velas de artificio y un cuadro de vidrio cóncavo con reliquias de mártires. Los domingos solían ir las gemelas con sus maridos a rezar el rosario. Dejaban una corona de dalias y se marchaban. Nunca habían aceptado que se airease el lugar. "No es necesario", decían. "Hay tantos muertos en el mundo que si los ventilaran a todos no quedaría oxígeno para los vivos".

Entre las placas de mármol y granito de la construcción habían crecido plantas de ortigas que comenzaban a florecer; el candado que unía la tapa corrediza de la tumba con una doble puerta de vidrio era una tripa de óxido maltrecha. Carmona lo abrió fácilmente: despegó las escamaduras de la puerta y empujó la tapa. El ventarrón que brotó de la fosa lo hizo retroceder. Era como la furia física de un olor musculoso que quién sabe desde cuándo forcejeaba para huir. La Brepe aspiraba el veneno con deleite: tenía los bigotes erizados y se relamía el hocico.

Allí estaban los otros seis gatos de la tribu: maullándole a coro desde aquel caldo de tinieblas, como si ya supieran que él llegaría tarde o temprano a buscarlos y dando por sentado que ése era el lugar al que todos ellos pertenecían. Entre los ataúdes deslustrados, bajo las fotografías de Padre y Madre, habían tejido un nido funerario: con restos de flores, lazos de coronas y cubrecajones arrebatados a otros nichos. Alcanzó a ver a Cármenes y Ángeles rayando con las pezuñas la cruz tallada en el ataúd de Madre, a Sacramento frotándose las ancas en uno de los candelabros y a Belial desbaratando el cadáver de un pájaro podrido.

Retrocedió, pensando que había entrado en un sueño equivocado y que debía salir cuanto antes. Arrojó los crisantemos en el foso de la tumba y echó a correr. Los gatos fueron más rápidos. Esperaron a Carmona junto a la entrada del cementerio, maullándole por la tardanza. Todos tenían los ojos entrecerrados, como Madre cuando la contrariaban.

❖

Llegó a la kermesse poco después de las cinco. Las señoras habían tendido mesas de picnic bajo los toldos, pero todos comían de pie, junto a las tómbolas, esquivando las ráfagas de moscas. Una orquesta de ancianos tocaba rumbas. El sol los castigaba tanto que se alternaban para secarse el sudor sin interrumpir la música. Sentadas sobre el cerco de madera, con las piernas colgando sobre los charcos, algunas mujeres golondrina observaban la fiesta como si fuera la foto de una ciudad extraña. A su vera pasaban las fuentes de pasteles y los braseros de achuras. Los miraban con tanto deseo que les cambiaban el gusto y a la gente le molestaba comerlos.

Todos los oficiales de la guarnición habían acudido a la kermesse de punta en blanco, vistiendo uniformes de gala y fajas con los colores patrios. La señora Doncella sintió varias veces la tentación de ordenar que expulsaran a los mendigos. Veinte miradas suplicantes bastaban para estropear la elegancia de la reunión. Pero debió reprimirse y sonreír, ya que sin los golondrina las fiestas de caridad perdían su razón de ser.

Carmona caminaba desorientado. Tal vez fuera la abstinencia de alcohol. Llevaba horas sin probar una gota, y ahora tenía sed: como si su garganta fuera de arena. Tanteó la petaca de ginebra que llevaba en el pantalón, pero no se animaba a beber delante de todo el mundo. La melodía de las rumbas sonaba cada vez más amortiguada. Tal vez la orquesta estuviera yéndose a otra parte. Los labios de las personas se movían con animación pero las voces le llegaban a duras penas. ¿Acaso el oído también estaría abandonándolo?

Divisó a las gemelas en un kiosco apartado, chismorreando con una gorda enjoyada a la que nunca había visto. Casi todos los invitados eran desconocidos, y por la pesadez de los bigotes, los tatuajes de las manos y los desmesurados pechos de las mujeres se dio cuenta de que eran los turcos llenos de dinero de los que tanto hablaba la gente.

Encontró a la señora Doncella en uno de los kioscos, rematando una vajilla de loza. Las tómbolas llegaban a su fin y los violinistas de los valses vieneses se habían retrasado. El número de los gatos sería el siguiente.

—Querido, estábamos pendientes de usted. Qué elegante ha venido, qué bien le sienta el blanco. Ahora me admitirá que necesitaba salir, ¿no?, darse con la gente, tomar un poco de aire. —Husmeó en el canasto de mimbre que Carmona sostenía con esfuerzo.— ¿Éstos son sus pequeños fenómenos? Estoy ansiosa por presentarlos.

—Cuanto antes, mejor —dijo él—. Me parece que el zumbido de las moscas ya les ha puesto los nervios de punta.

—¿Son machos o hembras?

—De ambos sexos —aclaró Carmona.

—¿Ambos?

—Sí. Eso quiere decir lo que quiere decir.

Cuando no entendía bien el significado de las cosas, la señora Doncella las dejaba pasar. Con un par de palmadas detuvo la música y subió al escenario con Carmona. Del canasto brotó un coro de maullidos lastimeros. Uno de los turcos protestó:

199

—¡A mí no me anotan en ninguna rifa de gatos!

—Queridos amigos —se desentendió la señora—, éste es un número sorpresa que debemos al espíritu caritativo de nuestro magnífico cantante Carmona. Uno de sus gatos, llamado...

Se volvió hacia Carmona. Él sonreía, con la mirada en ninguna parte. La sonrisa había estado aleteando largo rato cerca de su cara, y ahora que por fin se le posaba allí no tenía la menor intención de marcharse. La señora lo codeó.

—¿Cómo se llama el gato? —preguntó con voz imperiosa.

—Brepe —dijo Carmona.

—Un gato prodigioso llamado Pepe...

—La Brepe —corrigió.

—... guiará a sus seis hermanitos por el río, cruzándolo hasta la otra orilla y regresando aquí, a la kermesse. Hemos visto caballos, perros, ovejas y hasta cerdos nadando en nuestro río. Nunca gatos. Es una extraordinaria proeza de domesticación, que debemos agradecer a Carmona. Vamos a premiar esto, ¿eh?

La gente aplaudió con desgano. Hubo algunos murmullos de fastidio. Unas pocas señoras desenfundaron sus largavistas. Desde lejos, las gemelas soplaron hacia el escenario un beso de buena suerte. Carmona tomó el micrófono, resuelto:

—No quiero aplausos para mí sino para los gatos —dijo. La voz se buscaba a sí misma en la garganta y no podía encontrarse. La oía a lo lejos como una canción de mujer. Si separaba los sonidos, aparecían timbres que le recordaban a los de Madre. Era una voz que a cada momento se le volvía más ajena.—, ¿Cuántos de ustedes serían capaces de ir hasta la otra orilla y volver sin dejarse llevar por la corriente? Me parece que no muchos... Mis gatos van a intentarlo... Hemos estado juntos en el cementerio visitando a Madre y me han pedido que dediquemos este número a su memoria... Como ustedes saben, hoy es el primer aniversario de su muerte...

La señora Doncella frunció los labios, impaciente, y le quitó el micrófono.

—Muchas gracias, querido —aplaudió.

—Ellos quieren dedicárselo a Madre —insistió Carmona—. Van a rendirle un homenaje a su manera.

Los turcos estallaron en carcajadas, creyendo que Carmona imitaba la voz de soprano de la señora Doncella. Las damas que alentaban a sus hijas para que se casaran con ellos disimularon la vergüenza ocultando las caras detrás de grandes abanicos.

En la orilla lejana del río celebraban otra fiesta. A través de las ondulaciones de la resolana, Carmona creyó distinguir un cortejo de señores vestidos también de blanco y damas con sombreros de plumas. Nunca antes había prestado atención a los parques violetas de la otra orilla, con sus barrancas henchidas de tarcos y jacarandaes. Creía que de aquel lado quedaban sólo mansiones abandonadas. Pero la ciudad, cada vez más húmeda, crecía. Aunque la apariencia de las cosas cambiara, debajo de las cosas el pasado era el mismo: las mujeres seguían llevando lazos en los vestidos y se guarecían bajo los parasoles para mantener la frescura del maquillaje, tal como cuando él era niño. Hasta la música era la de antes.

Carmona bajó del escenario, traspasó la hilera de malezas y llegó hasta el confín de los musgos, donde palpitaba el agua. Dejó el canasto sobre unas piedras, abrió la tapa y tomó en brazos a la Brepe. El animal parecía cansado y respiraba con dificultad. Carmona temió que el encierro le hubiera hecho mal y que estuviera por morir. También los otros gatos estaban quietos en la felpa del canasto, con los ojillos sin lumbre. Algunos habían vomitado. Tuvo deseos de retroceder e interrumpir el acto, y lo hubiera hecho si la mayoría de los invitados no se hubiera montado ya sobre el escenario, observando todo lo que él hacía. Los turcos desenfundaban sus largavistas. La gente hablaba con agitación, pero Carmona ya no se daba cuenta. Se le había cerrado el oído por completo.

Soltó a la Brepe y la deslizó en la corriente. Los otros gatos se lanzaron tras ella, con intervalos de dos a tres segundos. Sus moños de colores reverberaron sobre las vetas sombrías del agua. Carmona los vio avanzar con soltura, erguido el hocico y la cola en alto. Tomó el canasto consigo y se trepó a la roca de siempre. Tampoco él quería perderse el espectáculo.

Abarcó de un vistazo el movimiento tenso de las corrientes. Sufrió en carne propia la mordedura de las raíces y el acoso traicionero de los camalotes. Los gatos braceaban sin inquietarse, y desde lejos parecía que el agua les estuviese abriendo paso.

De improviso, el tronco de un alerce saltó de la nada y avanzó hacia la vanguardia de la tribu: la Brepe, Cármenes y Ángeles. Las damas chillaron excitadas, creyendo que el tronco las desnucaría y que con eso acabaría el número. Pero tal como había ocurrido tantas otras veces, las gatas saltaron sobre el obstáculo en el preciso momento en que las embestía. Las cámaras fotográficas del escenario dispararon a un tiempo sus inútiles flashes. La tarde era incandescente y cuanto más se alejaba del mediodía más blancos se tornaban sus bordes: como si todo el calor y el hielo del mundo estuvieran uniéndose.

A pocos metros de Sacramento y de Altar, que nadaban rezagados, pasó una procesión de camalotes adornados por un velamen de nenúfares y de calas parásitas. En vez de mantener su curso, los gatos retrocedieron hacia las plantas, con arrogancia.

—¡Ordéneles que se desvíen cuanto antes! —gritó uno de los caballeros—. Esas plantas son una trampa mortal.

Carmona no podía oírlo, y además era tarde. Atraídas por el envión de los remolinos, Sacramento y la Brepe se enredaron en la hojarasca y fueron desapareciendo en la orfebrería de raíces pegajosas. Era el fin. Sin pensarlo dos veces, Carmona se quitó los zapatos y la camisa. Un instinto de inesperada maternidad lo empujó al agua.

—¡No vaya, querido! —clamó la señora Doncella— ¡No se arriesgue por unos pocos gatos!

Pero ya la corriente lo arrastraba. Al acercarse a los camalotes vio las mortíferas telarañas que se abrían bajo las hojas flotantes. Con las patas aprisionadas por un tejido de fibrillas, la Brepe se asfixiaba entre las burbujas de limo.

Sumergiéndose, Carmona rompió con energía los filamentos, desmadejó los nenúfares y entró en una caverna vegetal donde flotaban raíces y franjas de semillas verdes. Allí estaban ahogándose los demás gatos. Tanteó en el lecho del río hasta que encontró una vara. Con el resto de aire que le quedaba rasgó las paredes de la placenta y fue rescatando a los animales uno por uno. Luego emergió. Los pulmones le estallaban. El leve hilo de cielo que divisó de pronto le devolvió la conciencia de la felicidad.

Vio a la Brepe y a Sacramento alejándose, con el hocico alzado. Entre los vapores del sol, distinguió en ellas la misma mirada de disgusto con que Madre lo esperaba por las noches.

Se dispuso a flotar hacia la orilla, pero una avalancha de colmillos, uñas y colas furiosas lo aferró por el cuello y lo sepultó en el agua. La corriente fue arrastrándolo de nuevo hacia el corazón de los camalotes, donde el río soltaba un resuello que no era el de sus plantas y sus peces sino el maullido triunfal de una tribu de muertos.

Sintió que también la vista lo abandonaba. Las imágenes de la tarde viraron todas hacia un solo color, el amarillo, y luego el púrpura, como si las atravesara un filtro. Una fuerza que no venía de su cuerpo lo apartó de las raíces y lo devolvió a la intemperie. Entonces vio, en la orilla lejana, la figura triste de Raúl Galán buscando entre los matorrales el poema que había perdido antes de morir, a Yaya Suárez Corvo recitando una historia de seducción que Rita Hayworth y Gene Tierney escuchaban con embeleso, y a Madre con la Brepe y Sacramento en el regazo, ajustándoles en el cuello una correa dorada. Padre también disfrutaba del fresco de la tarde. Tomaba el té junto a las damas de los ingenios y con sumo cuidado depositaba a Belial y a Rosario sobre la hierba. Al ver que Carmona estaba flotando en el río lo llamó: *No te alejés tanto, hijo. Ya se está haciendo tarde.* Pero Madre perdió la paciencia. Dejó los gatos y encaró a Padre: *¿Por qué no matás a Carmona de una vez? ¿Qué estás esperando?*

Sintió que el cuerpo le daba vueltas y se ponía de rodillas. Comprendió que era capaz de sostenerse así todo el tiempo que quisiera. "No quiero que me peguen", suplicó. "No me maten". Madre se mantenía firme: *¡Acabálo de una vez, Padre! No tardés más. ¿Siempre vas a seguir siendo el mismo cobarde?* La Brepe corría de un lado a otro, entre las faldas de organdí de las señoras, y sus maullidos cubrían las voces.

Carmona vio a lo lejos las montañas amarillas. Flotó hacia ellas con una libertad que desconocía, sobre corrientes que iban tiñéndose de azufre e internándose en un paisaje de estalactitas y ciudades de cristal. Cuando estaba por llegar a la boca de la caverna, en el punto final del horizonte, Madre lo agarró de los pelos y lo arrastró a la orilla.

¿Quién te dio permiso para alejarte tanto?, le dijo. *¿Ya no te importa nada de tus padres? Quedáte acá y no seas desconsiderado.*

Le puso al cuello una correa dorada, lo dejó atado a un árbol y regresó a tomar el té con las damas.

Índice

Esta edición
se terminó de imprimir en
I.P.A.S.P.
Ombú 1461, Florida,
en el mes de junio de 1991.